# 教官は無慈悲な



真崎ひかる

幻冬舎ルチル文庫

CONTENTS ✦目次✦





✦カバーデザイン＝久保宏夏（omochi design）
✦ブックデザイン＝まるか工房

イラスト・蓮川 愛✦

# 教官は無慈悲な覇王サマ

「失礼します。石原先生、遅くなりまして申し訳ありません」

医務室の扉を開きながら声をかけると、白衣を身に着けた青年がイスから立ち上がった。

「お待ちしていました、一之瀬教官。お入りください」

名前を呼んで入室を促したのは、石原円佳。三十代の半ばになろうかという彼の実年齢を、初見で正確に言える人間はまずいないはずだ。

学生時代から知っている一之瀬から見ても、この人は不老遺伝子を持っているのではないかと疑いたくなるほど変わっていない。

「お呼び立てして、こちらこそ申し訳ないです」

温和な口調で話しかけてきた石原は、キレイな顔に見惚れるような微笑を浮かべる。

ただ、見てくれに騙されてはいけない。血迷って迂闊に手を伸ばそうものなら、棘などと生易しいものではない……コブラの毒牙や高電圧鉄線レベルの、とんでもない凶器が待ち構えている。

「いえ……明日、入所する新人についての打ち合わせでしたね」

石原から目を逸らした一之瀬は、手をかけていた扉を閉めて足を踏み出した。

清潔感のある白で纏められた空間には、馴染みのある消毒薬の匂いが染みついている。

「豊作だった一昨年と違って、今期は今一つらしいですね」

「橘くんたちか。まぁ……あれはあれで、例外かと思いますけど」

話しながらゆったりとした大股で彼の傍に歩み寄ると、石原は自分たちの脇にあるデスクを指し示した。

「こちらが今期の訓練生のファイルです。私もここの任期が長くなって、いつ異動になるかわかりませんから……個人的に話せるあいだに、ある程度のことは君に把握しておいてもらおうと思いまして」

机の上に積まれているのは、『赤・青・黒』の三色のファイル。それぞれ、個人のデータがビッシリと書き込まれた書類が挟み込まれているはずだ。

資料など、大して当てにならないのだが……と目を細めた一之瀬は、

「青の大将のやつは、コレですか」

色ごとに分けられているファイルを見下ろして、『青』の山の一番上にあるものを手に取った。

面倒なことに、一之瀬は先日の職員会議で青クラスの担当教官を言い渡されたのだ。六十人余り入る予定の訓練生の中でも、青のクラス長と接する時間が一番長いのはわかっているので、赤や黒のファイルには目も留めない。

「そう。彼が青のクラス長、羽柴怜央くん十八歳です。今期の台風の目になるかな」

微笑を浮かべた石原は、どことなく楽しそうな口調で一之瀬が手にしているファイルの主の名を口にする。

人当たりがよさそうで、温和な空気を漂わせつつ……内面は外見を見事に裏切る辛辣さを持つ石原が、この手の笑みを浮かべるのは珍しい。

多くは語らないが、どうやらその羽柴という少年にはなにかしら石原の気を惹く要素があるらしい。

石原の横顔からそう推測して、手に持っているファイルを開いた。

羽柴怜央。十八歳。身長百七十五センチ、体重……。

「六十五キロだぁ？　これはまた、ずいぶんと貧相な体格だな。こんなので、ここの訓練に耐えられますかね？」

身体データに目を通した一之瀬は、つい思ったままを口にする。

ここは、屈強な体格の男が集められているところだ。課される数々の訓練は過酷としか言いようがないものばかりで、多少スポーツが得意程度ではまずついていけない。

羽柴怜央の体格は、この年代の平均は超えているはずなので、貧相とは呼べないかもしれない。

それでも、積み上げられたファイルの少年たちの中では小柄で華奢なほうだろうと、他を見なくとも想像がつく。

「でも、選抜テストの結果は見事ですよ。上の方針で、今後は頭脳系の育成にも力を入れようということらしいので。現状だと外部から専門家を引き抜いているけど、現場で働く実務系にしても養成所から一緒だった人物のほうが信頼関係も築けるでしょうし」

「そう……ですか。まぁ、それも一理ありますかね」

自分より先にファイルに目を通したと思われる石原の言葉に首を捻りつつ、書き記されている数字を追う作業に戻る。

短距離走、長距離走、瞬発力……柔軟性。体力や筋力を測るものだけではなく、状況判断力を見極めるためのテスト結果は、確かに『見事』だった。

……けれど。

「ふーん、なにをやらせても平均以上にこなす、か。でも、突出した能力があるわけではない。器用貧乏って言葉がそのまま当てはまる。頭脳は抜群でも、身体能力はそれなり。たいして面白くないヤツですね」

ファイルに綴じられた書類には、体力審査だけでなく数学や語学を始めとしたペーパーテストの結果も記載されている。

中学や高校での基礎学力を問うものだけでなく、大学等で専門的な学習をしなければ解けない難問も含んでいたはずだが……ほぼ完璧にこなしてあった。高等教育を終えたばかりの知識量ではない。

この書類を見る限り、一言で表すならそつのない『優等生』だ。

でも一之瀬から見れば、この手の人間は当たり障(さわ)りがなさすぎて『面白みがない』としか思えない。

密に接するなら、良くも悪くも、なにかしら突き抜けた人間のほうが面白いに決まっている。

「あなたが興味を持つ要素など、見当たりませんが」

目を落としていたファイルから、石原の顔へと視線を移す。

石原も、捻くれて……いや、なかなか個性的な性格の持ち主だ。ただの優等生など、つまらないと鼻で笑いそうなものだが。

口には出さなかったそんな思いが顔に出ていたのか、石原はクスリと笑って一之瀬が持ったままのファイルを指差した。

「そうかなぁ。……続き、見てないでしょう」

「ああ……はい」

基礎データが記載されている一枚目と二枚目を斜め読みしていた一之瀬は、パラパラと書類を捲(めく)る。

「別に、変わったことは……?」

特別ななにかがあるわけではないが、と首を傾げてつぶやきかけたけれど、ふと口を噤んだ。

一之瀬の目が留まったのは、入所試験の最終段階で実施した心理テストの分析結果が記されているところだ。

「……へぇ？」

先ほどと同じく斜め読みしようとしていたのだが、これは確かに……なかなか、興味深いかもしれない。意図することなく、唇の端を緩ませてしまう。

書類に目を通す一之瀬の雰囲気が変わったことに、気づいたのだろう。石原が、キャスター付きのイスを引く音が耳に入った。

「立ったままでなく、腰を下ろしてゆっくりとどうぞ。コーヒーかお茶を用意しますが、どちらがいいですか？　……聞いてますか。一之瀬教官……一之瀬錦！」

フルネームで呼びながら、耳朶をギュッと引っ張られた。書類に没入していた一之瀬は、慌てて隣にいる石原を見下ろす。

「すみませんでした。……痛いんですが」

控え目に苦情を口にした一之瀬に、石原はニッコリと笑いかけてきた。

「デカい図体の男に突っ立っていられたら邪魔だから、ここに収まってくれませんか。で、コーヒーとお茶、どっちがいい？」

見惚れるほどの、キレイな笑みだと言えなくもないが……目が笑っていない。顔が整っているだけに、恐ろしい。

ファイルを持つ手に力を入れた一之瀬は、頬を引き攣らせて答えた。

「コーヒーをお願いします。……失礼します」

そう返しておいて、そそくさと石原が指し示したイスに腰を下ろした。

柔和なようでいて、相変わらずの迫力だ。この華奢な身体のどこから出てくるのか不思議なほどの気迫に、否応なく圧されてしまう。

学生時代から変わっていない……どころか、屈強な男たちに囲まれている環境のせいで、ますます磨きがかかったのではないだろうか。年齢を感じさせない外見も含めて、まるで妖怪だ……とは、自分が可愛ければ間違っても声に出してはいけない。

「……ごゆっくりどうぞ」

一之瀬の手元のファイルを指差した石原は、そう言い残して回れ右をした。電気ケトルやマグカップの触れ合う音を背中で聞きながら、再び書類に視線を落とす。

羽柴怜央。直筆の名前の文字は、几帳面そうなかっちりとした筆跡だ。

それに続く性格の自己分析は、明朗快活で細かなことには拘らない、リーダー気質となっている。ただし、心理テストの結果ではリーダー気質というより気まぐれで我儘な子供だ。

少し……かなり、自分を過大評価しているのは、周囲がそのようにお膳立てしてきたことが原因だろう。

表面に現れる性格としては、天衣無縫で明朗、子供じみた自己中心的な部分が問題か。あとは……本人にはまったく自覚がないようだが、周囲に迎合しなければという臆病なところがあり、周りの顔色を窺（うかが）いすぎる神経質な面も見て取れる。

更に、これは……。

「嗜虐（しぎゃく）嗜好性（しこうせい）、かな？　完全に無自覚みたいだけどねぇ」

「……ッ！」

自分のものではない声に、ビクッと肩を震わせた。

そうだった。ここには、石原もいたのだ。書類に集中するあまり、存在を意識の外に追い出していた。

「コーヒー、冷めちゃったよ。淹（い）れ直す？」

そう石原が指差したマグカップが、いつ自分の手元に置かれたのか……全然、気がつかなかった。

ふっと短く息を吐いた一之瀬は、

「いえ……すみません。ありがとうございます。いただきます」

意識して淡々とした声でそれだけ口にして、カップに口をつけた。一口含んだところで、喉（のど）がカラカラに渇いていたことを自覚する。

「ずいぶんと熱心に見ていたね。……面白いでしょう」

一之瀬が隠しているつもりの動揺の正体は、石原には見抜かれているようだ。

この……一見しただけでは面白みのカケラもない少年に、不可解なほど興味を惹かれてしまったのだと。

「面白い、と言えば面白いですね。人間、誰しも二面性があるものですが……彼の土壌で、この手の深層心理が築かれるのは何故か……」

羽柴の出生や生育環境を見ると、名家に生まれて両親に溺愛されて育った、純粋培養の箱入り『お坊ちゃん』だ。周りもすべて、そのように彼を扱っていただろうし『井の中の蛙』や『裸の王様』を地で行く感じだ。

それなのに、嗜虐嗜好性を秘めているとは、どういうことだろう。しかも、無敵の王子のように振る舞いつつ、深層では孤独感を強く感じている……？

ファイルの表紙を開いてすぐのところに添付されている写真を改めて見ても、別段変わったところのない少年だ。

澄ました顔でカメラを見据えているのは、生意気な目をした行儀のよさそうな『お坊ちゃん』で、これだけでは一之瀬が興味を惹かれる要素など皆無なのだが。

「ある意味、純粋で世間知らずな子供だ。自分の繊細さも、まったく自覚していないね。どう言えばいいかな、光が強烈だと、それだけ影も色濃い……って感じかな。彼自身、自分は

完璧な王子様だって思い込んでいて、目が眩んでいる」

トン、と指先でファイルをつついた石原が、抽象的ながら的確な分析を口にする。

唇には仄かな笑みが滲んでいて、自分は彼の思惑どおりに羽柴に興味を持ったのかと苦い気分になる。

「まぁ……こういうのが一人いると、退屈はしないですね。実に生意気そうな坊ちゃんで、調教のしがいがありそうです。簡単に泣き言を零さない、気骨のあるヤツであることを祈ります」

「ふーん？　なんの気なしに言いながら、楽しそうだね。……好みでしょ。あんまり虐めちゃダメだよ」

この石原の口調は、同僚に対するものではなく『後輩』を前にしたものだ。若さを言い訳に『バカ』だった学生時代を知られている相手は、なにかとタチが悪い。

一之瀬は否定も肯定もできず、コホンと空咳で誤魔化して返答を逃れようとした。

なのに、石原は逃がしてくれない。

「君は、こういう面倒そうなタイプが好きだね。そして、気に入れば気に入るほど、虐めたくなる。捻くれ者め」

容赦なく追い詰められて、肩を大きく上下させた。こうなれば、下手に取り繕うことができなくなる。

「あなたほどではありませんが」

なんとか一矢報いてやるとばかりに、矛先を石原自身に向ける。

彼も、自分と似たり寄ったりの『捻くれ者』なのだ。そして、表現はよくないかもしれないが『物好き』でもある。

二人して、『羽柴怜央』という少年を面白がっているのだと、言葉はなく交わした視線で確認する。

「今期も、白衣の天使だと思わせておいて……泣かせる気でしょう。あなたの見てくれに惑わされた狼どもが正体を知って、尻尾を股に挟んで仔犬の如く身を震わせるのかと思えば……実に愉快ですね」

石原の優しげな外見に騙されて返り討ちに遭い、ぐうの音も出ないほど打ちのめされる訓練生たちの阿鼻叫喚が聞こえるようだ。

一之瀬がここの教官に就いたのは昨年だが、この一年のあいだで自分が知っているだけでも、片手では数え切れない数の新入生たちが見事に石原の手のひらの上で転がされていた。

そして彼らは、この人は触れてはならない『観賞用』なのだと学習するのだ。

「さぁ、どうでしょう。……ともかく、明日には新入生たちが来るんだから打ち合わせの続きをしましょうか。羽柴くんは、君に任せるとして……残る問題児は、これと……こっちもかな」

黒や赤のファイルをいくつか手に取った石原が、自分たちの前に広げる。

羽柴の名が記された青いファイルを自分の手元に置いた一之瀬は、小さく嘆息してそこから目を逸らした。

自室に持ち帰って、後でじっくりと読み直すことにしよう。石原が一緒だと、面白がってうっかり唇を緩ませることもできない。

せっかくのいい退屈しのぎになりそうな人材だ。

この羽柴が、典型的な『お坊ちゃん』……傲慢なだけの馬鹿でないことを、期待しよう。

《一》

「ゴツイ男ばっかり……か」

入所にあたっての諸々の説明や支給品の配布のため、食堂には自分たち新入りが集められている。

わかってはいたが見事にむさ苦しい男ばかりで、周囲を見渡した怜央は、ふー……と大きく息を吐いて手元にあるプリントを目にした。

数枚の紙に、これから始まる日々の、規律や厳守事項がびっしりと書き込まれている。こと細かな注意を読むのが面倒になり、半分ほどしか目を通していないが。

「誰が最初に言い出したのか知らねーけど、監獄ってピッタリの表現だよなぁ」

「俺も、実際にここに来るまで冗談かと思ってた」

背後から漏(も)れ聞こえてきたそんな会話に、声もなくうなずいた。

怜央自身、こうして自分が身を置くことになって初めて通称『アルカトラズ』の存在を現実のものだと認識した。

アルカトラズというのは、前世紀のアメリカに実在した脱獄が不可能だという刑務所の呼称だ。ここは刑務所ではないが、外部からの訪問者を拒むのと容易に逃げ出せないという意味では、似たようなものかもしれない。

　地図に載せられておらず、一般市民には存在さえ知らされていないこの小さな孤島は、本州の遙か南……太平洋に浮かんでいる。泳いで行ける範囲に有人の島はないし、秘密の漏えいを防ぐためだとかで、個人の意思での自由な出入りは許されていない。

「監獄、か」

　誇張や冗談ではなく脱走が不可能な『監獄』じみた施設の存在など都市伝説に対するように半信半疑だったけれど、ようやく怜央も実感する。

　実際は、刑務所ではなく『ＳＤ』と呼ばれる国費で育成される護衛のスペシャリストを養成する施設が設けられているのだが。

　ちなみにＳＤとは、セキュリティドッグの略だ。ドッグと言っても、本物の犬ではない。国内から選び抜かれた訓練生たちが、犬のように従順に主を護るべく訓練されるため、そう呼ばれている……らしい。

　映画等の題材になることも多く、世間にも広く知られている所謂ＳＰ、一般的なセキュリティポリスと比べれば絶対数が少ない。存在を示すことで周囲を牽制する彼らとは違い、表立って活躍することはない。が、護衛対象者をガードする能力はＳＰを遙かに凌ぐと、要人のあいだでは絶対的な信頼を得ていると聞かされている。

「我が身を捨ててでも、護るべき対象者に迫るあらゆる危険を排除する……ね」

父親の友人には政府関係者もいるが、実際に何人かがＳＤに命を救われたと聞いたことがある。

応接室で酒を飲みながら、ＳＤのことを『遠慮なく使い捨てのできる可動式の防弾ベスト』だと笑いながら話していた大人たちを思い出して、頬を歪ませた。

実際に、命を賭して護衛対象者を護り……殉職したＳＤは少なくないと知っていながら……だ。

「人間は裏切る。でも、犬は裏切らない……か。見てくれは猛犬って感じだけど」

小さくつぶやいた怜央は、自分より遥かに体格のいい男たちを横目で見遣り、クスリと皮肉な笑みを滲ませる。

屈強な体軀を誇る男ばかりなのは、ある意味当然だ。紛争地域や災害で混乱した国の視察に赴く官僚だけでなく、内戦で一触即発な国に派遣される大使のお供を任されるのはＳＤばかりで、ＳＰより過酷な任務には当然心身ともに高い能力が求められる。

ここは、それらＳＤを育成するために国費で二年かけて教育するための施設なのだ。

厳しい選別テストを経て集められる訓練生たちは、『赤』『青』『黒』の三クラスに振り分けられてそれぞれの担当教官の元で訓練を受ける。

厳しい訓練を重ねつつ、寝食を共にして横のつながりを深めるのが目的で、このような孤島での共同生活が課される。

この二年があるからこそ、養成所の修了生は固い信頼関係で結ばれてチームでの任務に就けるとの触れ込みだ。

在籍した期間は被(かぶ)らなくても、ＳＤ養成所の出身者だというだけでわかり合えるものがある……らしい。

ただ修了は容易ではなく、振るい落としを目的とした定期テストによって、入所から半年も経つ頃には人数が激減する。結果、二期目ともなればクラス分けができるほど訓練生が残らないと、書類にも記されている。

語学や武術系実技などの定期テストは、クリアするラインが異様に厳しい。しかも、追試のチャンスは一度きり。

これらのテストをクリアできなければ、強制退去となり……それまでの衣食住や訓練に要した費用は、一円単位で請求されるというシビアな現実が待っている。

一期目は基礎訓練を中心に、二期目になれば、特殊な爆発物に対する知識や化学兵器への対処法、特殊車両から航空機の操縦に至るまで、ありとあらゆる分野へと学習の幅が広げられる。

「ふーん……噂(うわさ)とそんなに変わらないか」

テーブルに片肘(かたひじ)をつき、書類をザッと斜め読みした怜央は、支給品の袋に手を置いて大きく息をついた。

確かにコレなら、世界中のどこに行っても食いはぐれることはなさそうだ。

護衛としてだけでなく軍関係や傭兵としても重宝されるはずで、就職難という言葉とは無縁に違いない。

怜央は青クラスに振り分けられたのだが、支給された靴下やバンダナといった小物類はすべて『青』だ。わかりやすいと言えば、わかりやすい。

「自由時間があっても、こんな島でなにをしろって？　娯楽が、ほぼゼロじゃんか。しかも、男ばっかりでさぁ。職員まで全部男って、ありえねー……」

自分に対する脅し文句かと半信半疑だった厳しい規律は、ほぼ聞かされたとおりのようだ。

耳に届く雑談の声がすべて男のもので、何度目かも数え切れなくなったため息を零した。

一応、志願した……ということにしてあるけれど、怜央がここにいる理由は売り言葉に買い言葉というヤツだ。

二期目になれば個室が与えられるそうだが、一期目の寮は四人部屋でプライベートがほぼ皆無だとか、飲酒喫煙は厳禁だとか、外部と連絡を取りたければ申請書に記入の上で職員室にある衛星電話を使用しなければならないとか……気に食わないところは多々あれど、来てしまったからには仕方がない。

どうせ、長居する気はない。父親との約束は、一年だ。最初の一年、一期目だけ耐えれば、あとは……自由が待っている。

目の前にある青い靴下を睨んでぼんやりしていると、ざわついていた食堂の空気がピンと張り詰めるのがわかった。

なんだ？　と訝しんで出入り口の扉に目を向けると、派手な蛍光オレンジのTシャツと黒いカーゴパンツを身に着けた大男たちが入ってくる。

自分たち訓練生の基本的な服装は黒いTシャツにカーキ色のパンツ、所属クラスを表すカラーバンダナを身に着けることとなっているが、教官はド派手な色彩で存在感を誇示している。

「おい、おしゃべりは止めだ」

先頭の男が口を開き、食堂内が水を打ったように静かになる。怜央も、他の訓練生たちと同じように室内に入ってきた男たちを注視した。

怜央がいる場所からは、少し距離がある。それに加えてあいだに多くの訓練生たちがいるので、ハッキリと彼らの容姿を見て取ることはできない。

けれど、教官全員が屈強な体軀を有している長身の男だということは確かだった。

「俺は、赤クラスの教官を務める篠原だ。手元の書類で、自分が属するクラスはわかってるだろう。支給品は大切に使えよ。最近まで学生だったやつも多いと思うが、ここは学校じゃない。くだらねぇ揉め事は起こすな」

「黒クラス担当の新川だ。一期目が終了するまで何人残るかわからないが、十人いれば褒めてやる。適当でいいだろうって舐めてかかると、本気で泣く羽目になるからな。死ぬ気でガンバレよ」

「青の一之瀬だ。今のオマエらは、全員躾のできていない仔犬だ。立派な忠犬になれるよう俺らが調教してやるから、ありがたく思え。ついでに教えてやる。この養成所において教官は絶対君主だ。気に食わねぇことがあるなら反逆を起こしてもいいが、どんな結果になるか……楽しみだな」

三人の挨拶……と言えるかどうか微妙な言葉に、誰一人として返事ができない。

シンと沈黙が広がり、篠原と名乗った男がテーブルを蹴る派手な音が響いた。

「おい、聞こえたなら返事だろ？」

「……ハイ」

「はい」

「へーい」

あちこちから、パラパラと声が上がる。

「気合いが感じられねぇ！」

と響いた怒声に、今度は「ハイ」と揃った。

熱血な体育会系のノリか。くだらねぇ。ついて行けない。

白けた目で周囲を見回した怜央は、唇を引き結んだまま一言も発することなく、密かに鼻で笑う。

……と、ほんの一瞬だが一之瀬と名乗った『青の教官』と目が合ったような気がして、顔を背ける。

こっそり笑ったところを、見られただろうか。

「晩飯は十九時だ。それまで好きにしろ。質問も受け付けるぞ。聞きたいことがあれば、なんでも言いに来い」

教官の中でも一番の古株らしい篠原がそう言うと、ひらりと手を振って「座っていいぞ」と表情を緩ませた。

すると、ふっと食堂内の緊張が緩む。メリハリのつけ方は見事だ。

話には聞いていたけれど、ここでの『教官』という存在は、正しく絶対君主のようなものだと実感する。

いろいろと、面倒だな。

そう心の中でぼやいて大きく息を吐いた直後、不意に目の前に影が落ちた。

顔を上げようとしたところで、

「……おい、羽柴」

と、妙に偉そうに名前を呼ばれる。

自他共に認める『王子様』の怜央は、こんなふうに吐き捨てるような響きで名前を呼ばれることなどまずない。高校の教師たちも、もっと遠慮がちに『羽柴くん』と呼びかけてきたのだから。

「あ？」

ムッとした怜央は、不機嫌だと隠そうともせず、ギュッと眉を顰めて顔を上げた。

その直後、頭に衝撃が落ちてきて目を瞠る。

「な……殴りやがったな！　誰だよっ！」

声を上げ、ガタンと派手な音を立てて座っていたイスから立ち上がった。イスの脇に立っている男に詰め寄ろうとしたけれど、それが『誰』なのか認識したと同時に、グッと喉を鳴らして口を噤む。

「俺が誰か、知らねぇとは言わないよな？」

尊大としか表現しようのない態度でジロリと見下ろされて、渋々口を開いた。

「……一之瀬、教官」

この養成所の教官であり、怜央が属することになった青クラスの担当に就くと……つい先ほど、自分たち訓練生の前に立って自己紹介した男だ。

さっき目にした時は少し離れていたのでよくわからなかったけれど、やたらと迫力のある美形だ。

距離があっても長身だとは見て取れたが、近くで接すると、身長は怜央より十センチ近く高い。

腰の位置からは、長身の肢体の大半を占めるのが嫌味なほど長い脚なのだと推測できる。髪も目も純粋なアジア人というには色素が薄く、祖先のどこかで白人の血が混じっているのだろうと想像がつく。

完璧に整った嫌味なほどの美形なのに、なよなよとした雰囲気は微塵（みじん）もない。教官たちが着用している、派手な蛍光オレンジ色のTシャツ越しにでもわかる鍛え抜かれた身体からは、雄としての絶対的な自信が滲み出ている。

しなやかさや精錬された雰囲気は、肉食獣……例えるなら、野性のチーターだ。

こんなふうに感じるのは同性として癪（しゃく）だが、雄として極上の部類に入ることを認めざるを得ない。

「名前を呼ばれたら、如何（いか）なる時も返事はハイだ。わかったか、羽柴」

「ッ……ハイ」

問答無用と言わんばかりの言葉に殴られたことに対する憤（いきどお）りを抑え込み、渋々と答える。

いきなり人の頭を殴るという暴挙に出た相手が、教官では仕方がない。これからの日々を思えば、無用な波風は立たせないのが一番だ。出る杭（くい）は打たれるというけれど、良くも悪くも目立たないでいたほうが無難に決まっている。

一瞬でそう計算を働かせた怜央だが、一之瀬が名指しして声をかけてきた目的がわからない。

わずかに身構えて、言葉を待っていたけれど。

「羽柴、怜央か。ライオン？　ッく」

おもむろに怜央の名前を口にした一之瀬は、微笑を浮かべている。

それは、予想外の展開だった。

「………」

この男……人の名前を笑いやがった。しかも、十センチ近く高い位置からこちらを見下ろしながら、だ。

ムカッとしたけれど、身体の脇で両手を握ってなんとか堪える。

「なんだぁ？　その不満そうな面は。文句があるなら、素直に口に出せ。聞くだけなら聞いてやるよ」

「で、また殴るんでしょう教官サマ」

嫌味をたっぷりと含んで言い返すと、怜央を見下ろしている男は唇の端をほんの少し吊り上げて目を細めた。

「筋が通った言葉なら、無意味に殴ったりしねぇよ。それとも、殴られるような発言をするつもりなのか？」

「……屁理屈」

顔を背けてボソッとつぶやくと、無言で頭を鷲掴みにされた。強引に正面に戻されて、イテテテ……と顔を顰める。

「言いたいことがあるなら、目を見て言えや。クソガキが」

「お……横暴だっ」

真っ直ぐに視線を絡ませて、そう口を開く。

わずかながらでも気圧されたなんて悔しいことを、この男に感づかせるものか。

パッと両手が離れていき、拳骨が落ちてくるかと肩を強張らせる。それでも視線を逸らさずにいると、怜央の頭を大きな手がグシャグシャと掻き乱した。

「よしよし、合格」

意外な言葉と仕草に、ポカンと目を見開いた。数秒後、唖然としている場合ではないと我に返り、足を引いて逃げる。

「なんなんだ……っ、なんのご用ですかっ」

ヤツの目が鋭くなったことに気づいて慌てて言い直すと、小さく肩を震わせて愉快そうな微笑を滲ませた。

「学習能力がないわけじゃないんだな」

ここでは、『教官』という存在が絶対だと聞かされたけれど……ただの暴君としか思えない。

他の訓練生たちがいる中でのやり取りに、周囲が息を呑(の)んでこちらを注視しているのがわかる。

そんな、数十人の視線などまるで感じていないかのように、一之瀬は無造作に怜央の頭を撫(な)で回した。

「やめてくださいよっ」

子供か、動物を撫でているような手つきだ。完全にバカにされている。

それでも一之瀬の手を振り払うことはできず、全身にピリピリとしたオーラを纏わせて目で抗議をする。

「そう突っかかるな。面白(おもしれ)ぇから」

「ッ……ご用件を、どうぞ」

震える拳(こぶし)を握る手に力を込め、押し殺した声で用を済ませろと促す。

すると、一之瀬は怜央の手元にある『青い』支給品の数々をチラリと見下ろして、口を開いた。

「羽柴怜央、おまえが青のクラス長だ。リーダーの心得ってやつを叩(たた)き込んでやるから、晩飯後の自由時間に俺の部屋まで来い。職員棟の一階、五号室だ」

「は……あ？　リーダーって、なんだソレ。聞いてないぞ」

「だから、今言ってるだろう。言葉遣いがなってねーなぁ。躾のしがいがありそうな駄犬で、なによりだ」

「……ッ」

拳で額をコンコンと小突かれて、クッと喉を鳴らす。反論したいのは山々だけれど、また殴られるのはごめんだ。

一之瀬は、怜央が全身で憤りを堪えていることはわかっているはずなのに、

「飯までは好きにしろ。他のヤツと交流してもいいし、敷地内を散策するのもいい。ただし、飯の時間に一分でも遅れたら食いそびれると思えよ」

それだけ言い残し、涼しい顔で踵を返した。

背中を睨みつける怜央の視線など完璧に無視して、他の教官たちと話しながら食堂を出て行く。

教官たちの姿が場から消えたことで、雑談する訓練生たちの声が遠慮のないボリュームになった。

「青の教官、怖え……」

「なにが怖いって、一番はあの顔面だよ。整いすぎて、作り物みたいでさぁ……睨まれたら、石になりそうじゃないか?」

「メドゥーサか。うーん……確かに魔物っぽいな」

怜央のすぐ傍でやり取りの一部始終を見ていた訓練生たちの会話が、否応なく耳に入る。

睨まれたのが自分ではないものだから、笑ってそんな軽口を叩けるのだ。彼らに同意するのは悔しいが、怜央も迫力に圧されたことは確かだった。

なんなんだ、あの男は。

「おまえさ、羽柴だっけ？」

肩に手を置かれながら名前を呼ばれて、グッと眉を顰める。馴れ馴れしく触ってきた手を払い除けると、今度は誰だ？　と振り向いた。

そこに立っていたのは、前髪の一部にアッシュグレーのメッシュが入った、見るからに遊び慣れています、という雰囲気の青年だ。左手には、怜央と同じ、『青い』支給品を持っている。

「ああ？　……そうだけど」

怜央は、あからさまに機嫌のよくない顔をしているはずなのに、気にする様子もなく話し続ける。

「俺、西岡っての。俺ら、同室みたいだぜ」

怜央が振り払った手を「よろしくな」と差し出してくる。

自信に溢れた声や仕草から、これまで自分から歩み寄った人間に拒絶されたことがないのだろうとイラッとする。

顔の造作は、中の上。身長は怜央より少し高い……百八十センチにあと一歩、というあたりか。

　印象としては、朗らかで人懐っこい遊び人だ。きっと、大半の人間に好感をもたれる。

……そう自覚していそうな空気が、鼻につく。

　西岡と名乗った男の手は、一瞥（いちべつ）しただけで無視を決め込むことにした。

　ついでに腕組みをして握手する気などないと示すと、Tシャツの上からでも鍛えられた身体だとわかる西岡を見上げた。

「へぇ……同室ね。イビキや寝言、うるさくないだろうな」

「ッ……ヨロシクって言ってる相手に、挨拶もなしかよ」

　怜央の態度にカッと頭に血が上ったことは、容易に見て取れる。

　やはり、邪険にされるという経験がまずないのだろう。

「ここでオトモダチごっこなんか、バカみたいだろ。それより、少しでも快適に過ごせるかどうかってことを確認するほうが重要だ。耳障りな音があったら眠りが浅くなる。雑音の発信源は迷惑でしかない」

　見上げた相手が気分を害した顔をしていることはわかっているが、機嫌を取って媚（こ）びへつらう気は皆無だ。

　淡々とした声で主張した怜央に、単純な性格らしい西岡はグッと眉間（みけん）に刻んだ皺（しわ）を深くした。

「あー、そうかよ。おまえこそ、死んだように静かに寝るんだろうな」

「もちろん。おれは、育ちがいいからな」

「ッ……その言葉、憶(おぼ)えてろよ。少しでもイビキが聞こえたら、濡(ぬ)れぞうきんを顔面に被せてやるからな」

「はは、その程度の低次元なイヤガラセしか思いつかないのか。小学生レベルだな」

鼻で笑ってそう言い放った怜央は、「相手にならねぇ」とこれ見よがしなため息をついて背後に捻っていた身体を戻す。

直後、すぐ脇でガコンッと派手な音が響き、西岡がテーブルかイスを蹴ったらしい……と目を細めた。

「気に食わなかったら、モノに八つ当たり……か。先が思いやられるなぁ」

はぁ、やれやれ……と明後日のほうを向いたままつぶやく。背後からは、ブツブツとしつこく文句を零す声が聞こえてきた。

「おまえみたいに協調性がなさそうなのがリーダーって、あり得ないだろ。人選を間違ってんじゃないか？」

チラリと西岡に目を向けた怜央は、わざと相手の神経を逆撫でするだろう薄ら笑いを浮かべて大きくうなずいた。

「あー、うん。おれも、そう思う。面倒だし。おまえが代わりをしてくれたら、ありがたいんだけどなぁ。でも、一番頭のデキがいいから、って理由なら仕方ないよな」

「クソッ」

低レベルな一言を吐き捨てると、荒い足音が遠ざかっていった。

「うまい皮肉も出てこない程度の頭脳だって、自分から暴露してるし」

ふん、と鼻で笑ってやる。

怜央と彼とのやり取りを、息を呑んで注視していたらしい周囲に、ザワザワと喧騒が戻った。

漏れ聞こえてくるのは、

「羽柴ってやつ、メチャクチャ感じ悪ぃだろ」

「アレがリーダーって、絶対ムリ。俺、青クラスじゃなくてよかった。間違いなく統制が取れなくて、ぐちゃぐちゃになるな」

「つーか、マジでリーダー交代になるんじゃねーの？　どう考えても、やっていけると思えないし」

予想を大きく外れることのない、そんな言葉の数々だ。

子供じみた陰口を聞き流した怜央は、支給品の小物や書類をギュッと手の中に握り締めて顔を上げ続けた。

こいつらの中で、体格が劣るのは認めざるを得ない。

メチャクチャ悔しいけれど、同期生の中でも小柄な部類に入るのは確実で、下手したら自分が一番貧相かもしれない。

だからなんだ？　そんなものが、自分にとって不利になるとは思えない。

「ここでも、おれが一番だ」

これまでの十八年で、誰かに負けたことなどないのだから……と笑みを唇に浮かべた。

《二》

「職員棟の……五号室。ここか」

真っ直ぐ伸びた廊下には、同じ外観の扉が並んでいる。唯一の違いは、号数と部屋の主の名を記したプレートだけだ。

それらを眺めながら廊下を歩いていた怜央は、『一〇五』の前で足を止めた。数字の下に一之瀬の名前が記されているのを確かめて、ため息をつく。

面倒だとは思うが、自分が所属するクラスの担当教官だという一之瀬に呼びつけられているのだから、仕方がない。

スッと息を吸い込んだ怜央は、拳を握ってコンコンと扉に打ちつけた。

「……羽柴です」

応答を待つこと、十秒余り。返事はないまま、内側から扉が開かれた。

一之瀬を見上げると、無表情で「入ってドアを閉めろ」と入室を促される。無駄に偉そうな態度だ。

ムッとしたけれど、ここで波風を立てるのは得策ではないと自分に言い聞かせて軽く頭を下げた。

「失礼します」

室内に足を踏み入れて顔を上げた怜央は、一瞥しただけで見て取れる自分たちの居室との格差に、面白くない気分になる。

自分たち訓練生に与えられているのは、二段ベッドが二つ設置された四人部屋だ。ベッドには各自の私物収納スペースと申し訳程度のカーテンはあるが、プライベート空間はベッドの上だけでプライバシーは無きに等しい。

それに比べて、一之瀬の居室は個室なのは当然な上に、小型冷蔵庫が置かれているミニキッチンやバスルームらしき扉まで見える。しかも、通された六畳ほどの部屋にはパソコンや薄型テレビが鎮座しており、ここことは別に寝室があるようだ。

平均的な、二DKのアパートの一室という雰囲気だった。監獄というニックネームがつけられている島にあることを除けば、だが。

最低限のものしかなくても、自分たちと比べれば遙かに快適な住空間だ。

「そのあたり、適当に座ってろ」

フローリングに敷かれた二畳ほどのラグを指差されて、素直に腰を下ろす。小さな丸テーブルの上には、青い紐（ひも）で綴じられたバインダーが置かれていた。

ぼんやりとそのバインダーを見ていると、頭上から一之瀬の声が落ちてくる。

「おまえ、さっそく同室者と愉快なコミュニケーションを取ったみたいじゃねーか」

驚いた怜央は、目を瞠って視線を泳がせた。

あの、食堂での一件か。でも、一之瀬が出て行った後だったはずだが……。

「なんで、知ってんだ。……エスパーかよ。イテッ！」

ボソッとつぶやいた途端、ゴツンと脳天に衝撃を感じた。咄嗟に両手で頭を抱えて、頭上を振り仰ぐ。

「言葉遣いがなってねぇな。学習能力ゼロか？」

仁王立ちしている一之瀬が、ジロリと睨み下ろしてくる。抑えた口調だが、全身から滲み出る迫力に反論を呑み込んだ。

「……どうしてご存じなんですかっ」

自棄気味に言い直した怜央を見下ろす一之瀬は、クッと嫌味な微笑を浮かべただけで質問を黙殺した。

ふと一之瀬の手が動き、また殴られるのかと首を竦ませたけれど……頭に落ちてきたのは、予想もしていない感触だった。

「ライオンって名前のクセに、フーフー言いながら尻尾の毛を逆立たせてる子猫チャンだな。負けるのが確実なのに、反抗せずにいられない……ってか」

「や、やめ……っ、なんなんだよっ！」

グシャグシャと乱暴な仕草で髪を撫で回される。動物を可愛がるというよりも、これは捻くれた怜央への嫌がらせに違いない。

この手のスキンシップに馴染みのない怜央は、

「やめろって、馴れ馴れしいなっ」

つい、そんな本音を零しながら身体を逃がした。勢いで言い放った直後、「しまった」と身を縮める。

ヤバい。また殴られるか。

そうして目を閉じて身構えていたのに、覚悟していた鉄拳が降って……こない？

「あ……あれ？」

恐る恐る目を開いて一之瀬を見上げると、無表情でこちらを睥睨しているヤツと目が合った。

食堂で話していた他の訓練生たちではないが、顔面が整いすぎているだけに恐ろしい迫力だ。

精巧な面を被っているみたいで、なにを考えているのかまったくわからなくて不気味としか言いようがない。

「殴んないの……デスか」

一応、語尾を変えて痛い目に遭う危険を回避する。目をしばたたかせる怜央に、一之瀬は小さく肩を上下させて隣に腰を下ろした。

「素手で殴ったら、俺の手が痛いだろうが。石頭め」

「……ひでぇ」

自分の手が痛いから、殴らない……だと？　なんて理由だ。

一之瀬は不満を零す怜央を無言の一睨みで黙らせて、テーブルに置かれている青紐のバインダーを指差した。

「青クラスの名簿だ。管理者は、クラス長のおまえ。コミュニケーションを図るのは結構だが、ケンカはてめぇらで片をつけろよ。ここは学校じゃないんだ。俺らは、仲直りのお手伝いなんかしないからな。まぁ……本格的な訓練が始まったら、余計な揉め事を起こす余力なんかなくなるだろうが」

フン、と鼻で笑った一之瀬を窺い見る。

……どうして、そんなに楽しそうなんだ？

ここでの訓練の概要はある程度知っているつもりだが、過酷とかキツイとかどれだけ並べられても、今の時点では想像の域を出ない。

「おれ、クラス長とか……不向きだと思うんだけど。別の人に変更したほうがいいと思いませんか」

面倒くさいから……という本音を隠し、わざと弱々しい声で訴える。

怜央の外見は、自分で言うのもなんだが品よく整ったものらしい。

幼少時から、親の知人や親戚だけでなくすれ違っただけの見知らぬ人にまで、「可愛い」とか「将来が楽しみ」とか、称賛されてきた。だから、自分の容姿をどう使えば効果的か自覚している。

なにもしゃべらず、伏し目がちになって不安そうな表情を浮かべると、老若男女不問で庇護欲をそそるらしい。

たいていの大人たちは、こうして怜央がしおらしい姿を見せて『お願い』すれば、「仕方がない」と目尻を下げて面倒なことを引っ込めてくれるのだが……。

「ちょっと前……コーコーセーの時は、生徒会長だったんだろ？　長がつく役職を、嫌いじゃないだろうと判断されても仕方がないと思わないか」

一之瀬は、そんな怜央の周りにいた『たいていの大人』に当てはまらないようだ。迷いのカケラもなく、怜央の『お願い』を突っぱねる。

「だから、なんだよ。周りがやってくれって言うから、仕方なくやってたんだ」

なにを考えているのか読めない無表情で怜央を見ていた一之瀬が、「なるほど？」と、嫌味を含んだ憎たらしい微笑を唇に刻んだ。

「つまり、お調子者ってわけだ。しかも、周りの期待を裏切って失望されるのが怖い臆病者でもある、ってことか」

「ッ、上から目線で分析して決めつけんなっ！」

カッとして言い返した怜央を、一之瀬は無表情で睨みつけてきた。

この男、ちょっと怖い。色素の薄い瞳でジッと見詰められると、なにもかも見透かされているみたいだ。

怯(ひる)んだ姿を見せたくなくて、隣に座っている一之瀬を睨み返した。

そうして睨み合うこと、数十秒。

一之瀬は「ハイハイ、悪かった」などと軽く流して、

「おまえの意見なんかは、どうでもいい。やりたい、やりたくないの問題じゃねーんだよ。できるか、できないか……だ。自信がないって、やる前から尻尾を巻いて逃げるならそれでもいいが」

淡々とした口調でそう言いながら、青い紐で綴じられているバインダーの表紙をコンと拳で打った。

これは、あからさまな挑発だ。

こんなふうに言われてしまったら、怜央がどんなに「やりたくない」と返しても、「できない」と白旗(しらはた)を掲げたのと同じで……。

「誰が、できないって言ったよ。やるよっ。やってやる!!　おれにできないことなんか、ないんだ」

勢いよく宣言すると、一之瀬の手の下にあるバインダーを手に取って、厚紙の表紙を捲った。

「管理って、コレ……どうすんだよ」

バインダーに綴じられている紙には、青クラスの訓練生の名前が五十音順に並んでいる。氏名と共に、出身地や家族構成、身体データなどの基本的な情報が記されているけれど、あとは空白だ。

「気がついたことを好きに書き込め。基本的に俺がチェックを入れることはないから、個人的な感想でもいいぞ。コイツは足が臭いだとか、ピーマンを食えないとか……パンツがTバックだとか」

一之瀬は、ふざけたことを言いながら名前の並ぶ紙面をトンと指先で叩いた。

笑いを含んだ声でもなく、無表情で淡々と語られた言葉に、怜央は眉間に深い縦皺を刻んだ。

「……おれのこと、バカにしてるだろ」

小さくつぶやきながら、横目で一之瀬を見遣る。

「いいや？　大真面目(おおまじめ)だが」

即答した一之瀬の表情は確かに真面目なものだったが、怜央をバカにしているのでもなく冗談でもないとしたら、それはそれで妙な人間だ。

ただの暴君なのか、冗談をあえて大真面目な顔で口にする意外とフランクな男なのか、怜央を小馬鹿にする嫌味なヤツなのか……読めない。もどかしい。

焦れた怜央は、この妙な男と一緒の空間から逃げることを選択した。

「くそ、話になんねぇ。用件がそれだけなら、部屋に戻っていいですかねっ？　二日間、船の中で雑魚寝したから腰が痛いんだ。久々にゆっくりベッドで休みたい」

寮の部屋にあった二段ベッドは決して快適とは言えない簡素なものだった。ただ、この島への移動中にカビが生えたような船室のカーペットに転がって雑魚寝したことを思えば、充分だ。

家では、輸入ブランド物の高級マットレスが使われたベッドで、グースの羽毛布団を使っていたのに……とは、頭から追い出そう。

「あの程度で腰が痛いとか……お坊ちゃんめ。訓練が始まったら、山の中で夜営することもあるぞ。立ったまま、木や岩にもたれて寝たこととかあるか？　あと……蛇や虫が怖いなんて、深層のご令嬢みたいな泣き言を零すなよ。都会育ちのお坊ちゃんは、蛭なんて見たこともないんじゃないか？」

嫌味なほど『お坊ちゃん』を連呼する理由は、怜央の生まれ育った家が俗にいう上流階級に属するものだと、知っているからに違いない。

実際、家のメイドや父親の秘書からは『怜央坊ちゃん』と呼ばれていただけに、この男に言われると神経を逆撫でされる。

「バカにすんな。ムカデだろうがマムシだろうが、素手で摑んでやるよ。ヒルもヨルも、かかってきやがれ」

「ヨル……？　おまえ、根本がわかってないだろ。マムシやムカデを素手で摑むって発言も、やっぱりわかってない証拠だな。そいつは勇気があるんじゃなくて、無鉄砲で考えナシのバカだ」

胸を張った怜央の切り返しに、一之瀬はどことなく呆れたような声でそう言うと、嘆息して微苦笑を浮かべた。

「育ちのよろしいお坊ちゃんが、なんの目的でここに来たのかは知らねぇし聞く気もないが……どんなご身分だろうと、特別扱いはしないからな。もちろん、試験に手心も加えねぇ。ここでの訓練について来れないなら、定期テストで脱落するだけだ。使えないヤツ、って烙印を押されてな」

これまでと同じく、感情を窺わせない淡々とした口調だ。端整な容貌と相俟って、冷たい印象ばかり伝わってくる。

言われなくても、特別扱いをされたかったわけではない。

「望むところだ」

そう言い捨てて青紐で綴じられたバインダーを摑んだ怜央は、話は終わったとばかりに立ち上がって大股で戸口に向かった。

その背中を、一之瀬の声が追いかけてくる。

「ママが恋しくても泣くなよ。あと、退室時には挨拶していけ。育ちがよろしいなら、言われるまでもないかもしれんが」

ムカつく。ムカつく。ムカつくっ！

言葉の端々から、侮られていることが伝わってくる。からかわれ、小馬鹿にされているとしか思えない。

「しっつれーしましたっ！」

少し低くなっている玄関部分で脱いでいた靴に足を突っ込むと、振り返ることなく吐き捨てて廊下に飛び出した。

大きな音を立てて閉めた扉に背中をつけて、深呼吸をする。

作り物のように綺麗（きれい）な顔で、存在感が強烈で、一言一句が気に障るあんな男……初めて逢（あ）った。

無視できなくて、あの男の思うがままに心乱されたことが悔しい。

「ちくしょ、アレが担当教官……って、毎日嫌ってほど顔を合わせるってことか？」

わずかながら胸の奥にくすぶっていた厳しい訓練に対する不安が、あの暴君への憤りに取って代わる。

足音荒く廊下を歩いた怜央は、訓練生たちの居室のある棟への渡り廊下の途中で足を止めた。

見上げた夜空には、一面に星が広がっている。真ん丸な月も、これまでになく大きく見えて目をしばたたかせた。

「すげ……星って、こんなにあったっけ」

それ以前に、こんなふうに本物の夜空を眺めるなんてどれくらいぶりだろう。中学や高校の科学では、プラネタリウムやスライドを使っていたし……小学生の頃、宿泊学習で星座観察をして以来かもしれない。

「なんか、別世界って感じだな」

つい三日ほど前までは、都会の喧騒の中に身を置いていた。高級住宅街でもひときわ目立つお屋敷に住み、欲しいと思ったものはたいてい手に入った。

極端に自由が制限されたここは、高校の頃『王子』というニックネームで呼ばれていた怜央にとって、確かに監獄に等しい環境だ。

「しかも待ち構えていたのは、絶対君主っていうか、暴君……いや、もっとしっくりする呼び方がある気がするな」

なんだったか……あの強烈な男には、もっと的確な表現があるのでは。

手に持っているバインダーで自分の頭を軽く叩いて、首を捻り……閃（ひらめ）いた。

「あー……あれだ。覇王！　ってか、魔王？　おれってば賢い」

思いついた喩えを自画自賛して悦に入り、ククッと肩を震わせる。

近くに誰もいないと思っていたから、声を潜めることなく馬鹿げた台詞を零していたのだけれど……。

「覇王、に……魔王？　誰だろう」

少し離れたところから聞こえてきたそんな声に、ギョッとして振り向いた。

あの男の声ではないから殴られる危険はないが、子供じみた独り言を聞かれてしまったのかと思えば気まずい。

薄闇に目を凝らしていると、渡り廊下の向こうから姿を現したのは、鍛え抜かれた体軀の教官たちとは違う……細身の青年だった。

語学等の学科担当の教官……もしくは、教官ではなく厨房か事務の職員だろうか。

「あの」

「あ、待って。考えるから。うーん……」

怜央が話しかけようとしたら、手のひらを突き出して制止される。

ゆっくり近づいてきて怜央の隣に並んだかと思えば、夜空を見上げて真剣に悩み出してしまった。

立ち去ることもできず、その青年の横顔をこっそり窺い見る。

背格好は、怜央と同じくらい。大男揃いのここでは、確実に小柄な部類に入る。夜空を仰いでいる顔は、品よく小ぢんまりと整ったパーツが絶妙なバランスで配置されていて、なんとも雰囲気のある美形だ。

年齢は……二十代後半、いや……半ば？　三十歳は超えていないと思うけど……わからない。

「わかった」

そう口にしながらこちらを向いた青年に、ギョッと目を見開いた。

「えっ？」

まさか、心の中を読まれたのか？　一之瀬といい……ここにいる人たちは、実は超能力者なのでは。

驚く怜央に向かって、彼が言うには……。

「一之瀬教官だ。黒ずくめの魔王のコスプレ、似合いそうだねぇ」

「な……なんだ。そっちか」

のんびりとした口調で、「わかった」の内容を聞かされて、ホッと肩の力を抜いた。

よかった。自分の頭の中を読まれたわけではないのか。

「なに？　そっち？」

不思議そうに尋ねられ、なんでもない、と首を左右に振る。

ふっと短く息を吐いた怜央は、答え合わせを待っているらしい彼に「正解」と言葉を返した。

「横暴だし、偉そうだし、覇王にしても魔王にしても……人を蹴散らして王様になったって感じ」

「さっそく、痛い目に遭った？　君、今日来たばかりの新入生でしょう」

「あ……うん。羽柴怜央、です。一之瀬……教官の、青クラスのクラス長をやれって命令された、ました」

一応、年上なのは確実なので申し訳程度に口調を改める。

この人は、あの男みたいに問答無用で殴りつけたりしないと思うけれど、防衛本能が働いてしまった。

それも、アイツのせいかと思えば……まんまと『躾けられた』みたいで悔しい。

そんな怜央の複雑な胸中など知る由もなく、青年はほんわりとした笑みを向けてきた。

「羽柴くんね。私は石原です。医務室勤務だから、ご縁は少ないほうがいいだろうけど……よろしく」

石原と名乗った青年の正体が医師だと知り、納得する。

「白衣の天使か。なるほど」

病院などない孤島なので、必要不可欠な存在だ。この人が、白衣を着て医務室にいれば……オアシスだな。

そう思ったまま、白衣の天使かと口にした怜央に、石原は微笑を滲ませる。

「天使にも種類があるけどねぇ……。知ってる？　悪魔より、天使のほうが残酷だったりするんだよ」

「……ッ」

なんだ？　優しげな笑みなのに、ゾクッと背筋を奇妙な悪寒が這い上がったぞ。

妙な寒気の正体を探ろうとマジマジと石原の顔を見ている怜央に、彼は無言で微笑を深くする。

「ここは、立派な体格の大男が多いからね。羽柴くんみたいなタイプには、親近感が湧くなあ。なにか困ったことがあれば、医務室へどうぞ」

「一之瀬教官のこと、相談に行ってもいい？　悪口とか」

「……いいよ。私には守秘義務があって、相談事の内容は漏らさないから」

悪口という言葉が子供じみたものだと思われたらしく、ふふふっ……と声を出して笑われてしまう。

「そろそろ消灯が近い時間だ。お風呂のボイラーを止められたら水を浴びる羽目になるから、早く行ったほうがいいよ」

「うん……、はい。じゃあ、失礼します」

姿勢を正して軽く頭を下げた怜央に、石原は親しみやすい笑みを浮かべたまま手を振った。

石原のように接してくれたら、怜央も相応の態度が取れるのに……。

あの男……一之瀬みたいに、わざわざ神経を逆撫でされると反発せずにはいられない。ついでに、スルーできない自分にも腹が立つ。

「侮られてたまるか。子猫呼ばわりを後悔させてやるからな」

憎たらしい口調で、『ライオンって名前のクセに子猫チャンだな』と言い放った男の顔を思い浮かべながら職員棟を振り返り、今日だけで二度も三度も拳で殴りつけられた頭を軽く擦(さす)った。

憎々しい覇王サマめ。父親にも、殴られたことなんかないのに。

《三》

「なぁ……アレって、アレだよな」

「まぁ、たぶんそうだろうな。なにが目的でアレをベルトに挟んでるか……おまえ、聞いてみる?」

「ヤダよ。答えなんか、わかりきってるじゃんか。わざわざ確認して、思い知らされたくねーな」

周囲でコソコソと交わされる同じ青クラスの訓練生たちの会話は、怜央の耳にも届いている。

その話に加わることはなくても、怜央の目もこちらに向かって歩いてくる一之瀬の携帯している『アレ』に吸い寄せられてしまう。

名称を口に出すのも嫌なのは、自分も彼らと同じだ。

……形状からして、乗馬用と思われる『鞭(むち)』。怜央も、乗馬クラブに通っていたから手にしたことはある。

それを、馬など姿形もないここで、あの男が携帯している理由?

考えるまでもなく確信に近い想像がつくので、わざわざ確認したくないという彼らの言葉に同意だ。

言いつけられていた集合時間ピッタリに姿を現した一之瀬は、グラウンドに散らばっている自分たち訓練生を見回して声を上げた。

「テメーら、ダラダラしてんなよ。とりあえず整列。クラス長、羽柴！　ぼんやりしてねぇで、おまえが号令かけろ！」

屋外にもかかわらず、拡声器の類など不要のやたらと通りのいい声だ。笑いながら雑談をしていた訓練生たちのあいだに、ピリッと緊張が走る。

偉そうに命じられた怜央は、「整列ったって、ナニ順だよ」と零しながら、周囲の訓練生たちを見回した。

これからすることは、とりあえずストレッチなどの準備運動だろう。それなら……体格が似た者を近くに寄せたほうがいいか。

数秒でそう判断して、口を開く。

「体格順だ。似たようなガタイのやつと適当に前後で組んで、横長の二列で整列」

近くの訓練生と顔を見合わせた彼らは、そこそこ妥当な相手を見つけて前後に並ぶ。

もともと、入所試験で運動能力にも長けた人間が選別されているのだ。体格に極端な差はないし、偶数だから相手がいないということはないはず……と思ったところで、背後から肩を叩かれた。

振り向くと、西岡がニヤニヤ笑いながら立っている。

「羽柴、おまえと似た体格って難しいんじゃないのか？　余ってんなら、俺が組んでやろっか」

昨日の食堂での一件に懲りていないらしく、寮の部屋でも朝食の席でもなにかと絡んでくる。

ため息を呑み込んだ怜央は、

「……余計なお世話だ。おまえじゃなくても……あれ？」

他の連中と比べれば細身な怜央の体格を当てこする言葉に眉を顰めて言い返し、他のヤツと組むと突っぱねようとした。けれど……西岡の相手をする間に、自分たち以外は順調にペアになっていた。

否応なく、相手はコイツか。

「仕方ないな。おまえが余ってんなら、おれが組んでやる」

情けをかけるのは、こちらのほうだ。

怜央はそう腕を組み、組んでやってもいいぞと鼻で笑った。

「つとに可愛くないな。いちいち嫌味を言わないと気が済まないのか？」

苦笑した西岡は、ぶつぶつ文句を零してため息をつく。

「おまえも俺も、他の選択肢がないんだから仕方がないだろ」

渋々といった態度で、怜央と前後に並んだ。

それは……確かに、そうだ。ただし、コイツに言われると腹が立つ。

「その台詞、まんまおまえに返してやるよ。わざわざ絡んでくるから……」

「羽柴！　だべってんじゃねぇよ。おまえは女子コーセーか！」

西岡に言い返そうとした怜央は、一之瀬から怒号が飛んできたことで口を噤む。

全員が整列していることを確かめると、

「整列しました」

姿勢を正して一之瀬に目を向け、指示を待った。

仁王立ちしている一之瀬は、無表情のまま言い放つ。

「手始めに、全身のストレッチだ。適当に身体を解(ほぐ)したら、ウォーミングアップとしてグラウンド五十周。たったの二十キロ程度だから、チョロいだろ？」

「……うげ、マジかよ」

ウォーミングアップで、二十キロ走れだと？

露骨に嫌な顔をしたのは自分だけではないはずだが、一之瀬は怜央を睨みつけながら言葉を続ける。

「きっちり五十周、自分でカウントしろよ。誤魔化しやがったら、その舐めた根性を叩き直してやるからな」

偉そうな口調でそう言いながら、黒いズボンのベルト部分に挟み込んでいる鞭に手を当てた……のは、わかりやすい威嚇だ。

調教。そして鞭。

……この男に似合いすぎていて、洒落(しゃれ)にならない。笑えない。

「西岡、ストレッチ」

眉を顰めて振り向いた怜央は、嫌々だと隠す努力もせずそう口にしながら、西岡に向かって手を差し出した。

「おまえねぇ……本っ当に、どこの王子様だよ。つーか、キレーな顔と可愛らしいサイズだから、『お嬢様』だな」

当然、こんな怜央の態度が気に食わないらしい西岡は、わざわざ火に油を注ぐ発言で挑発してくる。

それを受け流せない怜央は、力いっぱい西岡の手を握り締めて睨みつけた。

「どの口が、お嬢様だなんてふざけた台詞を吐いた?」

「ッ……このお口ですよ～」

一切の力加減なしで怜央に手を握られている西岡は、痛くないわけがない。頬を引き攣らせたくせに、憎たらしく舌を突き出してくる。

単純な怜央は、わかりやすい挑発に乗ってカッと頭に血を上らせた。

「このヤロ、舐めやがって」

「舐めて美味（うま）いもんじゃないだろうから、ごめんだ。それともおまえ、俺に舐められたいのか？」

「気持ち悪ぃコト言うなよ、バカ！」

西岡と手を握り合い、体側の筋肉を伸ばしながら言葉の応酬を続ける。

声を潜めることなく言い合っていたせいか、隣でストレッチをしている二人組が、

「どっちも小学生レベルだな」

「ああ。同じレベルだ」

と、笑いを嚙（か）み殺しながら口にしたのが聞こえてきた。

コイツと同列に並べられるなんて、冗談ではない。

「おまえら、おれとコイツを一括（ひとくく）りにするなよっ」

西岡の手を離し、隣の二人に身体捻ってそう言い放った直後、尻のあたりに予想外の衝撃が走った。

「イッテェな！」

今の衝撃は、なんだっ？

これまで身に受けたことのない鋭い痛みに眉を顰めると、両手でズボンの上から尻を押さ

えて、勢いよく振り返る。

直後、怜央の目に映ったのは……唇に酷薄な微笑を滲ませて、例の『鞭』を手に立っている一之瀬の姿だった。

「コイツの獲物第一号、オメデトウ」

嫌味だ。なにがメデタイものか。

ズボン越しに自分の尻を擦った怜央は、勢いよく西岡を指差した。

「なんで、おれだけっ？　コイツも同罪だろ」

「おまえが一番うるせーんだよ。それに、リーダー責任だ。クラス長が率先して調和を乱すな」

「調和がナントカって言うなら、連帯責任だ」

「ハイハイ、今度な。いいから、続きだ。午前中のノルマが終わらねーと、昼飯にありつけないぞ。ちなみに、飯の時間は決まってるからな。おまえらが食堂に現れなくても、タイムアウトになったら片づけられる。晩飯まで水だけで過ごしたいか？」

「……先に言えよっっ」

準備運動の後に、なにをさせられるのか具体的にはわからないが、この様子だとみっちりと動き回らされる。

なのに、下手したら昼飯抜きという悲惨な事態が待っている？

危機感に背中を押された怜央は、一之瀬への文句を呑み込んで西岡に向き直った。

コイツも一之瀬も気に食わないが、怜央がどれだけ苦情をぶつけても一之瀬は聞き入れてくれないだろう。

それなら、出された課題を消化するのみだ。

無駄な抵抗で労力を使うなど、愚の骨頂。余計な気力や体力は使わないほうがいい。

そう心の中で不満を零しながら、淡々と西岡と手を取り合ってストレッチに勤しんだ。


暑い。……いや、全身が熱い。

直射日光を遮るもののないグラウンドは、日が昇るにつれ厳しい環境になる。ジリジリと照りつける太陽に、嫌がらせをされている気分だ。

「うぇ……気持ち悪ぃ」

ゼイゼイと荒い息を繰り返しながらグラウンドを走る怜央は、チラリとグラウンドの隅に立つ一之瀬を目にして足の動きを緩めた。

直後、怒声が飛んでくる。

「羽柴、だらけんな！」

「……っ、なんでわかるんだよっ」

間髪を容れず見抜かれた怜央は、チッと舌打ちをして眉を顰めると緩ませていた足の動きを戻す。

これで、何周目だ？　四十周くらいまではカウントしていたけれど、わからなくなってきた。

怜央より体力的に勝っているらしいやつらが、一人……二人とノルマを終わらせてグラウンドに座り込んでいる。

そうして走り終えた訓練生が十人を超えたところで、怜央はランニングからクールダウンに切り替えた。

多分、足りていないと思うが……五十周終えたことにしてしまえ。少しばかり足らなくても、どうせ一之瀬にはわからない。

そう決め込んで、グラウンドを一周歩いたところで走り終えた連中の仲間入りをする。

怜央はグッタリと地面に座り込み、抱えた膝のあいだに顔を伏せてゼイゼイと荒い息を繰り返した。

「っはぁ……マラソン大会、かよ」

こんなふうに走らされたことなど、中学以来だ。高校の体育の授業など、教師も自分たち生徒も、適当としか言いようのないものだった。

これで、ウォーミングアップだと？

先が思いやられる……と憂鬱(ゆううつ)なため息をついた直後、コツンと硬いモノが頭に触れた。

「なに……」

のろのろと伏せていた顔を上げた怜央の目に飛び込んできたのは、仁王立ちして自分を見下ろしている一之瀬の姿だった。

その手には、先ほど怜央の頭を小突くのに使用したらしき鞭が。

「羽柴。俺は、誤魔化しやがったらお仕置きするぞと予告していたよな？　そんなにコイツで調教されたかったか？」

鞭の先端部分を目の前に突き出して見せつけられ、ヒクッと頬を引き攣らせた。

その時、怜央の頭の中に浮かんだ選択肢は二つ。

正直に『適当でいいかと誤魔化そうとしました』と謝るか、『きちんと走った』と言い張ってしまうか。

怜央が選んだのは……。

「な……なにが？　おれ、きちんと五十周走ったはずだけど」

自分でもよくわからなくなっていたので、確信はない。でも、言ったもの勝ちだとばかりに、文句を言われる筋合いなどないと惚(とぼ)ける。

「二周ばかり足りてねぇんだな、それが」

スッと目を細めた一之瀬に具体的な数を提示された怜央は、咄嗟に反論することができずグッと喉を鳴らす。

確信を持った言葉だ。まさか、数えていたのか？

「て、適当なコト言ってんじゃ……足りないって、根拠はなんだよっ」

「目が泳いでるぞ。嘘をつくのが下手だな。おまえの走り方で、コイツらと同じペースで終われるわけがねぇんだよ」

それは、明確に数えていたと言われるよりも説得力のある説明だった。

走り終えている訓練生たちと、自分の走るペースは……確かに違っていた。

「ッ、くしょ……。わかった。あと二周、走ればいいんだろっ？」

ヤケ気味に吐き捨てて立ち上がったところで、尻に鞭が振り下ろされた。咄嗟に両手で尻をガードしておいて、一之瀬を振り返る。

「イテェな！」

「そんなので帳消しになるか、バカが。なによりも、ちょろまかそうっていうその根性が気に食わん」

無表情で怜央を睨みつけた一之瀬は、目を細めて手に持った鞭を振り下ろす。

普段と同じ、無表情だ。なのに……どことなく目が楽しそうで、ゾクッと背筋に悪寒が駆け抜けた。

「やめ……ッ」

尻をガードした手の甲、太腿(ふともも)の裏側、膝の上……下半身を集中的に攻撃されて、思わずグラウンドにしゃがみ込んだ。

「イテテテ、やめろって！　このサド！」

「言葉遣いがなってねーぞ、駄犬」

「ッ、やめてくださいっ。悪かっ……申し訳ございませんでした‼」

情けない、とは考えないようにして身を縮める。

一之瀬が手を動かしているのはほんの少しなのに、その先にある鞭はしなるせいか見た感じよりもダメージが大きい。

「う、馬にも謝るからっ！」

鞭がこんなに痛いとは。これまで、乗馬クラブで深く考えずに馬の尻を叩いていた自分を反省する。

頭に浮かんだままを口にすると、振り下ろされていた鞭の動きがピタリと止まった。

「馬ぁ？」

一之瀬の怪訝(けげん)な声に、そろりと顔を上げる。

眉を顰めてこちらを見下ろす淡い色の瞳と目が合い、コクコクと小刻みに首を上下させた。

「今まで、なにも考えず馬を鞭で打ったりして悪かったなぁ……って反省した。考えてたより、痛いし」

　そんな怜央の言葉は予想外だったのか、一之瀬は眉間に浅く皺を寄せて鞭を持つ手を下ろした。

　ロボットのような冷酷な空気を纏っていた一之瀬から、ほんの少しでも表情の変化を引き出せたことにホッとして息を吐く。

　どうやら、鞭での攻撃から逃れられたようだ。

「おまえ……バカだな。この場面で考えるのが、ソレか」

「し、失礼だなあんた。いちいち、人を馬鹿呼ばわりして……」

「ハイハイ、失礼しましたお坊ちゃん。失礼って台詞が素で出るのか。変なところでお行儀がいいなぁ」

　全然心が籠っていない口調で、

「馬鹿に馬鹿と本当のことを言って悪かった」

と『失礼』の上塗りとしか思えない台詞を口にした一之瀬は、なにがおかしいのかクックッと小さく肩を震わせる。

　固唾（かたず）を呑んで怜央と一之瀬のやり取りを見ていた訓練生たちからは、

「あいつ、実は大物じゃね？」

「いや、なーんにも考えてないバカだろ」

「むしろ、俺たちのために『ダメな見本』を、身体を張って見せてくれた……って感じだな。ヒーローだ」

「ああ……ダメなヒーローだけどな」

そんな、声を潜めることのない陰口が聞こえてくる。

キッと彼らを振り向いた怜央は、

「おまえらなぁっ、陰口は本人に聞こえないところで言いやがれ！　誰が、ダメヒーローだよっ！」

そう反論して、手元にあるグラウンドの砂を一掴み投げつけた。

乾燥した細かな砂が風に舞い、……我が身に返ってくる。

「ぃ……目、目に砂が入ったっ。イテテ……ッ」

咄嗟に右手を目元に持っていくと、手首を強く摑まれる。

「アホか、おまえは。擦るな。眼球に傷がつく。グラウンドの隅に洗い場があるから、顔を洗ってこい。その後は……おまえだけ、特別メニューだ。学生のノリを持ち込みやがって。ゼロから調教だな」

手首を摑んでいる一之瀬にグッと力強く引っ張り上げられ、洗い場があるほうへと背中を押される。

怜央の重さをまるで感じていないような、ヒョイという擬音がピッタリな動作に驚いた。

「グラウンドと仲良くしてるヤツ、立て。おまえらは体力テストだ。入所前のテストから鈍っていたら……鍛えがいがありそうでなにより。羽柴を笑っているヤツは、さぞ自信があるんだろうなぁ？」

偉そうな一之瀬の声を背中で聞きつつ、のろのろと足を運んで洗い場を目指す。

……尻や太腿が、ジンジンと痺れているみたいで痛い。ズボン越しとはいえ、遠慮なく鞭を振るってくれたせいだ。

「なんなんだよ、あのサド男。なまじ顔がキレーなだけに、メチャクチャ怖いんだけど。鞭が似合いすぎて、もっと怖いし」

無表情で鞭を振り下ろす一之瀬の顔を思い浮かべた怜央は、小声で悪態をついてゴロゴロした異物感のある目をしばたたかせた。

悔しいけれど、自分の手が必要以上に細く……頼りなく感じるほど、大きな手と長い指だった。

服の上から予想するより、遥かに体格がいいのだろう。骨格が日本人離れしているらしく、パッと見は細身の長身なのに頑健な身体つきだ。

男として、劣っているなんて……認めるものかと目を逸らしていても、まざまざと体感させられてしまった。

「くそっ」

奥歯を噛んだ怜央は、グッと握り締めていた拳を解いて水道の蛇口を捻る。勢いよく流れだした水の下に頭を突っ込み、両手で水をすくって顔を洗った。

期待していたよりぬるい水は、頭に上った熱をなかなか下げてくれなかった。

《四》

ここでの昼食は、エネルギーに変わるのが速い炭水化物が中心だ。ベーシックなトマトソースのパスタをフォークに巻きつけていた怜央は、密かなため息をついて皿にフォークを投げ出した。

ダメだ。トマトソースは適度な酸味があって口にしやすいけれど、具のベーコンが気持ち悪い。

スティックサラダとコンソメのスープだけは胃に収めたけれど、メインのパスタは半分近く残ったままのトレイを手にして席を立つ。

すると、同じテーブルに座っている西岡が声をかけてきた。

「羽柴？　もう食わねーの？」

目敏(めざと)くトレイを指差されて、顰め面を作って見せる。

「……ああ。この味、キライ」

食べられないのではなく、食べないのだと虚勢を張る。

本当は、ここ数日バテ気味で胃が食べ物を受けつけてくれないのだ。

無理して詰め込み、午後の訓練中に無様な事態に陥る危険を考えれば、最初から口にしないほうがいい。

怜央の内心など知る由もない西岡は、

「相変わらず、ワガママな王子様だな」

呆れ半分の口調でそう言い、苦笑を滲ませる。西岡の言葉に、同じく寮で同室の嶋田(しまだ)と清水(しみず)が苦い表情で小さくうなずいた。

彼らは、怜央の図ったとおり……言葉のままの意味に受け取ったに違いない。相変わらずという一言が、彼らに自分がどう認識されているかを物語っている。

平然としている西岡たちより体力が劣っていることを悟られたくなくて、虚勢を張っているという自覚はあるけれど、弱みを見せる気はない。

「……ふん」

鼻で笑ってわざと高飛車な態度で顔を背け、大股で食器の返却口に向かった。食事を作ってくれている職員の顔を見られなくて、うつむいて小声で「ごめんなさい」とつぶやいて半分余り食べ残した皿の載ったトレイを置く。

食事を終えれば、しばしの自由時間だ。それぞれ、気の合う同期生と会話を楽しんだり、午後の講義に備えて自習をしたりとフリータイムを満喫している。

ざわつく食堂を出た怜央は、一人でふらふらと廊下を歩いた。

「どこに行くかなぁ」

食堂の喧騒は落ち着かない。

他の連中と親交を深める気もないので、午後の訓練に備えて誰にも邪魔されないところで一休みしたい。

PCルームや教室は誰かがいるかもしれないし、寮の自室はあいつらが戻ってこないとも限らない……か。

「あ、あそこがあった」

目的なく歩いていたけれど、ポンと名案が浮かんだ。向かうべき場所を定めた怜央の足取りが、途端に軽くなる。

今からだと、二十分くらいは休憩ができるはずだ。

早足で廊下を歩き、『医務室』のプレートが出ている一室の前で足を止めた。

扉にコンと軽く拳を打ちつけて、そっと引き戸をスライドさせる。その隙間から顔を覗(のぞ)かせて、声をかけた。

「失礼しまーす。石原先生……？」

室内に視線を巡らせても、白衣を身に着けた青年の姿はない。どうやら、医務室の主は不在のようだ。

「いない、か。いいや。昼寝させてもらおう」

遠慮なく医務室に入った怜央は、三つ並んだベッドの右端を選んで腰を下ろした。靴を脱ぎ捨てて、身体を横たえる。

手足を投げ出して白い天井を見上げると、大きく息をついた。

「二週間……か。あっという間だったなぁ」

ここに来て、そろそろ半月が経つ。

最初はうんざりしていた規律の厳しい生活にも否応なく慣らされ、意外と自分の順応力が高いことを知った。

ただ、問題は予想していたより体力的にキツイことだ。医師の石原には怜央の強がりなどお見通しらしく、無駄話を目的に訪れたここで何度か栄養ドリンクを飲ませてくれたけれど、正直言ってギリギリのところにいる。

「なんで、あいつら平然と飯が食えるんだよ」

今日の昼食の、パスタだけではない。昨日の夕食メニューは豚の生姜(しょうが)焼きで、怜央は半分ほどしか箸をつけられなかった。

海で、十キロ近く着衣水泳をさせられたのだから、腹が減っていないわけではないのに……どうしても、飲み込めなかったのだ。

腹減った、と丼飯を抱えてガツガツ生姜焼きを掻(か)き込んでいた他の訓練生たちの胃腸は、どれだけ丈夫なのだろう。

「あ、思い出したら気持ち悪くなってきた……」

朝食はパンやお握りを中心にした軽めのモノで、昼食は炭水化物メイン。夕食は動物性タンパク質を豊富に……と、管理栄養士が計算して構成しているらしいメニューは体力の消耗が激しいここでは理に適ったものだ。

おかゆに梅干しが食いたい……などと、みっともないことを言えるわけがない。

「ちくしょ、腹立つな」

なにより腹が立つのは、自分自身に対してだ。

こんなふうに、ついて行けない状態になるのは悔しいのに、頭で考えるようにうまくいかない。

羽柴怜央は、どこでなにをやっても完璧な「王子様」のはずなのに……。

「寝不足なせいだっ。嶋田のヤツ、寝言がうるせーんだよ」

睡眠不足のせいで疲労が溜まっているのだと零して、顔の上に腕を置いて目を閉じる。

せめて、昼寝をして回復を図ろう。

午後の予定は、なんだったか……特殊警棒を使用しての防御術だったか、空手や合気道を融合させた武術だったか……。

なんにしても、あの『覇王サマ』による容赦ない実技訓練が待っている。

「……ふっ」

大きく息をついた怜央は、石原が戻ってきたら起こしてくれるだろうと決め込んで、全身の力を抜いた。

清潔な消毒薬の匂いに満ちた静かな医務室は、心地よくて……ストンと意識が闇に落ちた。

「……い。おい、羽柴」

なんだ……？　肩を揺らされている？

心地いい微睡(まどろみ)から強制的に引き戻される不快感に、怜央は目を閉じたままギュッと眉間に皺を刻んだ。

「るせ……」

邪魔をするなと、肩のところにあった手を払い除けて寝返りを打った直後、大きな手に頭を鷲摑みにされた。

「イテェなっ！　ぁ……れ？」

文句を零しながら瞼(まぶた)を開いた怜央の視界に映ったのは、至近距離で顔を覗き込んでくる淡い色の瞳。

なに？　ガラス玉みたいに、キレイな色。……薄い茶色だと思ったら、ほんの少し翠(みどり)がかったような不思議な色合いだ。

子供の頃に夢中で集めたビー玉を思い出し、ふにゃりと唇に笑みを浮かべた。

「すげ、キレー……」

まだ眠りから醒めきっていないらしく、頭がぼんやりとしている。

間近にある瞳を目に映しながらまばたきを繰り返していると、頭を掴む手にググッと力が込められ低い声が落ちてきた。

「寝惚けてんじゃねーぞ」

「うわ！　一之瀬っ……教官」

ギョッとして目を瞠った怜央は、ここがどこでコレが誰か、瞬時に理解して唇を引き結んだ。

不覚にも、一之瀬の瞳に見惚れてしまった。しかも、うっかりキレーだとか口走らなかったか？

狼狽える怜央をよそに、一之瀬は普段と変わらない調子で言葉を続ける。

「午後の訓練に出て来ねぇから、どこでなにやってるのかと思えば……優雅にお昼寝とは、いいご身分だな？」

嫌味をたっぷりと含んだ声でそう言いながら、怜央の頭を掴んでいる指にギリギリと力を込めてきた。

見た目は優男のクセに、とんでもない握力だ。

「い、痛えっ！　頭蓋骨が割れるっ、怪力！　悪かったよっ。ちょっとだけのつもりだったんだけど、つい……ッ」

どう言い訳をしても、これは自分が悪い。そう劣勢を悟った怜央は、とりあえず謝ることにする。

涙目で、「痛い痛い」と零しながら一之瀬の手から逃れようとジタバタもがいていると、暴君の手はバシッと額を叩いて離れていった。

「殴るなよっ。謝ってんのに！」

「それで謝ってるつもりか？　躾がなってねぇ」

冷酷な目でこちらを見下ろしてそう口にした一之瀬は、ベッドから起き上がろうとした怜央の肩を押さえつけて動きを制した。

端整な顔に表情はない。無言で凝視してくるこの男が、なにを考えているのか……読めなくて不気味だ。

「な、なんだよ」

わずかでも怯んでいることを悟られないよう、一之瀬を睨み上げる目に気合いを入れて口を開く。

怜央を見下ろしている一之瀬は、なにやら考えているらしい数秒の間を置いて、言葉を返してきた。

「いや、どうやってお仕置きしようかと思ってな。おまえみたいな生意気な王子様には、殴る蹴るのベーシックなパターンじゃつまらねぇし」

王子様……だと？

青クラスの同期生たちに、からかい半分で呼ばれている自分の渾名は、この男にまで伝わっているのか。

忌々しい思いで、一之瀬に「王子様とか言うな。不気味だ」と苦情をぶつけておいて、ぶつぶつと続ける。

「つまるとか、つまらないって問題じゃないと思うんだけど。罰に娯楽を求めんな。悪かったって。反省していますぅ。グラウンド五十周でも腕立て伏せ二百回でも、なんでもペナルティ受けるよ」

さすがに今回は、自分の分が悪い。

だから、反抗心を抑えて素直にペナルティを受けると嘆息したのに……一之瀬は不快そうに目を細めた。

「グラウンド五十周や腕立て伏せ二百回なんざ、生ぬるいな。本人が進んでやるって言ってるペナルティなんか、罰にならねぇだろ。ダメージが限りなくゼロだ。それにおまえの態度からは、全然反省を感じられん」

そう言った一之瀬は、転がっていたベッドから起き上がろうとした怜央の肩を、ますます強い力で押さえつけてくる。

さり気なく膝で怜央の足を押さえ、片手で肩の関節を掴み……さほど力を入れているように見えないのに、身動きが取れない。

焦りを顔に出さないようにしつつも、本気で力を込めて抗っているのに……どうなっているんだ？

「ま、待て。それだと……あんたが捻り出そうとしてるのは、正当なペナルティじゃなくてただの嫌がらせじゃねーのっ？」

自由に動く手をバタつかせながら、一之瀬に反論する。

くそ、本当になにがどうなっている。この男は涼しい顔をしているのに、見事に怜央の動きを制している。

徐々に高まる焦燥感が、顔に出ているかもしれない。視線を泳がせる怜央を見下ろす一之瀬は、わずかに唇の端を吊り上げた。

「ん？　よくわかってんじゃねーか。頭の回転が悪くないのは、いいことだな」

「……否定しろよ」

嫌がらせを仕掛けてくる気だと、あっさり認めやがった。

からかわれているのかもしれないが、作り物のように整った顔は表情が乏しくて真意がまったく摑めない。

「なんなんだよ、ちくしょっ」

自由に動けないことも相俟って、子供のような癇癪を起こす怜央に目を細める。

これは、わかったぞ。自分の反応を面白がっているのだ。

「ゴメンナサイ、離してください……ってお願いするか？」

「……誰が。昼寝してて結果的にサボったことは悪いと思うけど、こんなふうに理不尽に押さえつけられていることはおれが悪いと思わねーし。絶っっ対、ゴメンナサイなんて言わねぇ」

一之瀬に押さえ込まれて身動きが取れない状況では、偉そうに言っても格好悪いだけかもしれない。

でも、この事態から逃れるという目的のためだけに心にもない謝罪などするものかと、一之瀬を睨み上げる。

「へぇ……いい根性だ。おまえみたいに、プライドの高い王子様に効果的なのは……こっちか？」

意外そうな声でそう言いながらわずかに思案の表情を浮かべた一之瀬は、怜央が微塵も予想していなかった行動に出た。

右手で肩を押さえつけたまま、左手だけで器用に怜央のベルトを緩め……ズボンのウエス

トから躊躇いなく手を突っ込んできた⁉

「な……っ、ふざけんなっっ！」

ギョッとした怜央が身体を震わせても、手を引くことなく下着の上から急所を包み込んでくる。

「暴れんな。……やっぱり、雄の急所を摑まれると大人しくなるなぁ。気に病むな。おまえがビビりなんじゃなくて、生物の本能だ」

やわやわと指に力を入れながら威嚇され、さすがに暴れられなくなった。

心臓が、ドクドクと激しく脈打っているのがわかる。耳の奥でうるさいほど響き……否応なく、意識が一之瀬の手に集中してしまう。

こんなふうに有無を言わさず押さえつけられたことなど、今までない。思うように身体を動かせないことが、こんなに頼りない気分になるなんて……。

「泣いてもいいぞ？」

揶揄する口調で低くそう言われ、グッと拳を握り締める。

一之瀬の言葉に同意するのは悔しいが、ソコが最大の急所であることは間違いない。だから逃げられないのだと、途端に戦意の下がった自分に言い訳をする。

こんな卑怯な脅しに、怯んでなんかいない。

「ッ、誰が泣くか。あんた……サイテーだ。このサドッ」

かろうじて文句をぶつけると、怜央を見下ろしている一之瀬は珍しく微笑を滲ませて言い返してきた。

「そんな嬉しそうな顔で、褒めるなよ」

「誰が嬉し……っ、褒めてねぇっ！」

今の怜央は、顔を歪ませて見るからに『嫌だ』と主張しているはずだ。

それを、嬉しそう？　しかも、思いつく限りの嫌味のつもりで言い放った『サド』を、褒め言葉だと？

「ふーん。なにかと可愛げのないおまえがビビってるなら、このお仕置きで正解だったってわけだな」

低い声で淡々と語られたそんな言葉が、カッと怜央の頭に血を上らせた。

ビビリだなどと言われて、黙っていられるものか。

「誰がビビッてるって？　こんなのでビビるか！　そっちこそ、人を押さえ込んで興奮してんじゃねぇの？」

仕返しだとばかりに、右手を伸ばして一之瀬の股間に押しつける。さすがに怯んで怜央を解放するだろうと思っていた一之瀬は、

「……面白ぇな、おまえ」

そうつぶやいて、クスリと笑った。

怒るでもないし、気持ち悪いことをするなと手を振り払うでもない。あまりに意外な反応で、怜央は硬直する。

なんだ、この男。本当に、ワケがわからない。

普通、こんなふうにされたら……引き下がるんじゃないか？　どうして楽しそうに笑っている？

軽く恐慌状態に陥った怜央が動けずにいると、なにを考えているのか、一之瀬は下着の中にまで手を突っ込んできた。

「ぁ……ッ、な、なに……っ。なんなんだよっ」

直に触れられる感覚に、ビクッと大きく身体が揺れる。

一之瀬の指……が、そこに。

生々しいぬくもりが伝わってきて、嘘だろうという現実逃避を許してくれない。取り繕う余裕がなくなり、声にも抑えきれない動揺が滲んでしまったのに、一之瀬のほうはこれまでと変わらない。

「おまえから手を伸ばしてきたんだろ。俺は、せっかくだからリクエストに応えてやろうってだけだ。抵抗は、もうおしまいか？」

いや、違う。表情に変化はなくても、動揺する怜央をからかう声はどことなく嬉しそうだ。切羽詰まっていても、それくらいはわかる。

「ッ、くそ……っ」

ここで、怯んだ様子を見せて降伏を示したら、いくら一之瀬でも手を引いてくれたかもしれない。でも怜央は、負けを認めるものかと奥歯を噛んだ。

簡単に屈服すると思われるのは悔しい。それも、こんな嫌がらせで尻尾を巻いて逃げ出すのかと笑われるのは、耐えがたい屈辱だ。

怜央の抵抗が弱いのをいいことに、一之瀬は指先に微妙な力を込めて刺激してくる。

ダメだ。そんなふうに触られたら……身体が勝手に熱を上げていく。

この養成所に来て、約半月。寮は四人部屋で、風呂は大浴場で……一人になれる場所などなかったし、体力的にもそんな余裕は皆無だった。

この手の欲求など忘れかけていたのに、忘れそうになっていてもなくしてはいなかったのだと思い知らされる。

頭の中で、ダメだダメだと繰り返しても逆効果だった。かえって触れてくる指を意識することになってしまい、どんどん心拍数が上がる。

当然、そんな怜央の体の変化は一之瀬に筒抜けで……。

「おい、羽柴。嫌そうな顔してるくせに、なんだコレは。こんなふうに押さえつけられて、実は嬉しがってんじゃねぇの？」

笑みを含んだ声でそんなふうに揶揄しながら、熱を帯びつつある屹立(きつりつ)に指を絡みつかせてくる。

「ッ、ぁ……」

ゾクリと背筋を危うい感覚が駆け上がり、反射的に身体が震える。

顔全体が熱い。紅潮している頬を一之瀬に見られるのが悔しくて、怜央は顔を背けて言い返した。

「そっちこそ、人をいたぶって勃たせて、っじゃね……のか？」

声が変に上擦りそうになるのを抑え、一之瀬の脚のあいだに押しつけている手に力を込める。

ズボンの生地越しとはいえ、ほんの少し変化しつつある感覚が伝わってくる。

自分だけ翻弄されてなるものか。同じ性を持っているのだから、わかる。直接的な刺激に弱いのは、お互い様だ。

「……負けず嫌い。引っ込みがつかないだけか？　その性格は、あまりよろしいモノじゃねーな」

「あんたに、性格がよくないとか、言われたくね……ッ」

耳の奥で響く動悸が激しすぎて、一之瀬がなにを言っているのか……自分がどう言い返しているのかも、よくわからなくなってきた。

熱い……。顔だけでなく、身体中が熱くて……喉がカラカラに渇く。

「っふ、ッ……ぅ」

「やせ我慢するな。ほら……いいんだろ」

「うる、せ……ッあ」

技巧を取り交ぜて触れてくる指に翻弄され、勝手に身体が暴走する。

やり返してやりたいのに指に力が入らない。

悔しい。でも……『いいんだろ』という言葉を、否定できない。

自分以外の手に触れられるのが初めてというわけではないのに、未知の感覚に等しい刺激に理性が焼き切れそうになる。

怖くて逃げたいのに、身体を押さえつけられていてロクに動けない。

「な……んで、な……に」

自由を制限され、快楽を与えられる。頭の中は戸惑いでいっぱいなのに、身体はこれまでにない状況を悦（よろこ）んでいる。

動けないのに……動けないから、身体が熱を上げる？

どちらが先なのか、境界がぼやけてあやふやになる。

この手……押さえつけてくる力の強さが、今までにないほど怜央を昂（たかぶ）らせているのだと知らしめてくる。

混乱ばかり増して、怜央は完全に恐慌状態に陥った。

「ゃ……や、だ。イヤだっ、こんな……ッ」

「イヤじゃなくて、イイって言えよ」

「ったい、言わね……」

奥歯を食いしばって、みっともない声を漏らさないよう必死になっていると、息苦しさが増していく。

熱い。苦しい。際限なく高まる心臓の鼓動も、グラウンドを延々と走らされる時よりキツイ。

「真っ赤な顔で、意地を張るな。……泣けって」

「ヤ……ぁ！」

泣け？　ふざけんな。

誰が泣くか……と言い返す余裕などなく、強く瞼を閉じた弾みにぬるい雫が頬を伝い落ちるのを感じた。

泣いてなんかない。こんなことで、泣くものか。これくらい、なんでもない。

そう自己暗示をかけ続けても……勝手に、身体が変になる。

肩に食い込む指の強さ、屹立に絡みつく指。この男の左右の手に与えられるものすべてが、怜央から理性を奪い去る。

「ヤダ、ゃ……もぅ、……ッ」

「ああ。ほら……出しちまえ」

「う……っく」

敏感な粘膜には痛いくらいの強さで屹立の先端を刺激された瞬間、限界まで張り詰めていた緊張がパチンと弾け飛んだ。

なに……？

痛いと感じた瞬間、ギリギリのところで耐えていたものが溢れた？

痺れるような快楽の余韻と……混ざり合い、怜央の思考を白く霞ませる。

自分の身になにが起きたのかわからなくて、呆然と天井を見つめていると、軽く頬を叩かれた。

「羽柴、息を吐け。酸欠で落ちるぞ」

「っは……は……ぁ」

とてつもない解放感は、これまで体感したことのないもので……詰めていた息を吐き出すと同時に、全身の力が抜ける。

ギリギリまで追い詰められた精神が現実からの逃げを図ったのか、意識が薄れかけたところで、低い声が耳に飛び込んできた。

「っふ……思ってたよりカワイーじゃないか」

朦朧とした頭は思考力がほとんどなく、それが本当に一之瀬の口から出た台詞なのか別の言葉を聞き誤っただけなのかも定かではなくて。

もう瞼を開けることもできない怜央は、かすかに唇を震わせただけで、意識を繋(つな)ぎ止める努力を手放した。

そうして落ちた眠りは、これまでになく深く……心地よく。

一之瀬が意図していたかどうかはわからないが、すり減っていた怜央の心身の疲労を癒すのに十分な休憩となった。

《五》

「石原先生……、ッ！」

すっかり通い慣れた医務室の扉を開けた怜央は、医務室の主の隣にあるイスへ腰かけている男を目に留めて、思わず顔を顰めた。

心臓が……ドクンと大きく脈打つのを感じる。

夕食後のフリータイムなので、怜央はラフな私服に着替えている。同じく職員も業務時間ではないせいか、白衣を纏っている石原とは違って一之瀬はダークグレーのTシャツとリネンらしい素材の黒いズボンを身に着けている。

天敵とも言うべき一之瀬を指差して、「またいやがる」と口にすると、石原が綺麗な顔に苦笑を滲ませて立ち上がった。

「羽柴くん、ちょうどコーヒーを淹れたところだったんだ。君も飲むでしょう？」

「……はい」

入っておいでと手招きされて、医務室に足を踏み入れる。後ろ手でドアを閉めると、一之瀬がボソッと口を開いた。

「図々しいな。医務室は、おまえの休憩所じゃねーぞ」

「あんただって、しょっちゅうここでお茶飲んでるくせに」

怜央が医務室を訪れる頻度は、二、三日に一度といったところだ。なのに、ほぼ毎回この男と遭遇している気がする。

石原不在のこの部屋で、一之瀬にセクハラとしか言えない『お仕置き』をされたのは、十日ほど前で……怜央は強烈なアレコレを忘れることなどできなくて、一之瀬とここで顔を合わせるたびに心臓が変に脈打つ。

それなのに、なにもなかったかのような顔で平然としている暴君が憎たらしい。

「石原先生の他に、トモダチいねーの？」

自分だけ引きずっているなどと、悟られて堪るものかと必死で平静を装っていても、今も……鼓動が速まっている。

複雑な心情を誤魔化そうと憎まれ口を叩く怜央に、イスに座ったままこちらを見上げた一之瀬は、珍しく少しだけ表情を変えて言い返してきた。

「その台詞、そっくりおまえに返してやるよ。自由時間は、気の合うヤツとだべってたり自習しているヤツも多いだろ。一回目の定期テストも近いってのに、余裕だな？」

「おれは、ここが一番落ち着くってだけだ。あいつら、うるせーし。定期テストとか必死にならなくても、おれが落とされるわけないじゃん」

胸を張って言い切った怜央は、石原の座っていたイスの隣に小さな丸イスを引っ張ってきて、腰を下ろす。

ここなら、一之瀬の手が届かないだろうという位置を選んだつもりだったのに、嫌味なほど長い脚が伸びてきた。

「イテッ」

シューズの爪先(つまさき)で脛(すね)を蹴られ、顔を顰める。

「なんで届くんだよっ！」

「……蹴られたことより、そっちか」

怜央の反発の理由は予想外だったのか、一之瀬はほんの少し唇を緩ませて先ほどより軽く爪先をぶつけてくる。

「だから、蹴るなって！　ちくしょっ」

届きそうもない位置なのに……脚の長さを見せつけられたみたいで、蹴られたことよりそちらのほうに腹が立つ。

蹴り返そうとした自分の足が、二十センチ余り届かなくて空振りしたことが更に気に食わない。

「はっ、短けー脚だな。かすりもしねーぞ」

珍しくわかりやすい笑みを零した一之瀬が、これ見よがしに怜央が座っている丸イスの脚を蹴りつける。

なんて大人げない男だ。これで、三十を過ぎてるだと？

「うるさいっ。タッパが違うんだから、脚の長さも違って当然だろ！」

こちらに伸ばされている一之瀬の脹脛（ふくらはぎ）あたりを、なんとか蹴ることに成功する。

やった、と拳を握ったところで事務机にコーヒーカップが置かれた。

「どうぞ、羽柴くん。……仲がいいねぇ」

「ありがとーございますっ。仲良くなんてありません！　一之瀬……教官が、おれをいたぶって楽しんでるだけです。サドだから！」

そう言い放って一之瀬を指差すと、石原はクスクスと肩を震わせて笑った。

一之瀬に顔を向けて、

「……そうなんだ？」

と、首を傾げる。

この人も……どうやら三十代の半ばらしいけれど、年齢不詳だ。

外見のみから受ける印象だと、二十代半ばくらいにしか見えない。正直言って、妖怪なのではないかと少し怖い。

怜央がそんなことを考えているなどと知る由もない二人は、彼らこそ仲がよさそうに会話を交わす。

「さて、どうでしょうね、わざわざ、蹴られたり鞭で打たれたりする行動に出るあたり……羽柴がお仕置きされたがっているようなので、応えているだけですが」

「へぇ……そのわりに、楽しそうだったけど。脚と脚のコミュニケーション……って言い回しは、なんだかヤラシーな」

「い、石原先生……?」

そう含み笑いを漏らす石原は、なにをどう考えて『ヤラシー』という言葉を引っ張りだしたのか謎だ。

怜央が引っかかった言葉を聞き流したらしい一之瀬は、自分の大人げのなさを屁理屈に変換して反論する。

「今のは、羽柴が自分の脚の短さを思い知りたいようなので、仕方なく相手してやっただけです。本当は俺も、無闇に鞭を振るったりしたくないんですけどね」

「嘘つけ。いつもはつまらなさそーな無表情のクセに、おれらをいたぶってる時は目が楽しそうなんだよ」

悔しいことに、一番多く一之瀬の鞭の被害に遭っている怜央だから、わかることかもしれない。

怒声を浴びせながら鞭を振り下ろす一之瀬は、どこからどう見ても楽しそうなのだ。

「らしいけど?」

「そいつの気のせいでしょう。……そろそろ俺は教官室に戻ります。コーヒー、ごちそうさまでした」

イスから立ち上がった一之瀬は、使い終えたコーヒーカップに手を伸ばす。

その手を、「そのままでいいですよ」と制した石原に軽く頭を下げ、チラリと怜央に視線を移す。

「羽柴。石原先生に懐くのは構わんが、迷惑をかけるなよ。あとおまえ、定期テストをパスできるかどうかギリギリだからな。特に、武術系実技と化学」

最後に聞き捨てならない台詞を残して、大股で医務室を出て行った。妙に存在感のある一之瀬の姿がなくなったせいで、シン……と静かになる。

石原と二人で残された怜央は、一之瀬が言い残した言葉を頭の中で復唱する。

「え……っと、おれ、ヤバいのかな」

あの男とのやり取りで、頭に上っていた血が瞬時に下がった。

一之瀬が、この手の嘘や冗談を口にするとは思えない。自分では、余裕だと高を括っていたのだが……。

「やっぱり一之瀬教官は、羽柴くんに甘いな。心配しなくても、本当にギリギリなら本人には通告しないものだから……少し気合いを入れろ、ってことだよ。羽柴くんも、自覚してないわけじゃないよね？」

石原に静かに尋ねられると、意地を張って突っぱねることができない。少しだけ迷ったけれど、コクンと首を上下させた。

「体力的なものは、いきなりどうにかなるものじゃないし……少しずつ向上させるしかないからなぁ。最初のほうよりは、楽になったでしょう？」

石原には、隠そうとしていたバテ気味の状態を知られているので、意地を張ることなく素直にうなずく。

「一応、飯も食えるようになったし……受け身を取りそこなって、派手な痣を作ることも減ったと思います」

頻繁にここで湿布薬をもらっていたのだが、ここしばらくは回数が減っている。それも知っている石原は、「だよね」と微笑を浮かべた。

みっともなくダウンする寸前だった怜央が、ある意味開き直ることになったきっかけは、この部屋での一之瀬とのアレだ。

不在だった石原は知らないはずで、こんなふうに好意的に笑われると後ろめたい気分が増す。

怜央が口を噤んでいると、石原はとんでもないことを言い出した。

「一之瀬教官がいなくなると、急に大人しくなっちゃったね。淋しい？」

「は……なに、言ってんですかっっ？　横暴で凶暴な天敵がいなくなったから、せいせいしてます」

「ああ……覇王サマ、いや……魔王サマだったっけ？」

初めて話した時のことを思い出してか、一之瀬をそう例えた怜央の独り言を持ち出してクスクスと笑っている。

「まさか、他の教官も、一之瀬教官みたいに鞭を振り回してるんですか？」

赤クラスや黒クラスとの合同訓練は、これまで二回。

教官として指揮を執ったのは一之瀬と赤クラスの篠原だが、少なくとも篠原は鞭など手にしていなかった。

数学や語学、化学などの学科担当の教官たちは、ポインターやバインダーで頭を小突くくらいだ。

「鞭は、一之瀬教官の専売特許かな。今は異動になったけど、少し前までは木刀がトレードマークだった教官もいたな。羽柴くん……そっちのほうがいい？」

「木刀……鞭のほうがマシのような気が、しなくもないような……でも、木刀ならともかく鞭はドーブツ扱いだよなぁ。猛獣使いって感じで……」

怜央は天井に視線を泳がせて、我ながら複雑な言い回しでつぶやく。

肉体的なダメージは、木刀のほうが上だろうか。決して、鞭がいいというわけではないが、まだマシなのかもしれないとは思う。

「ここで私とお茶をするのもいいけど、同じクラスの訓練生たち……寮の同室者とはうまくいってる？」

「……普通です。別に、仲良しこよしって、ベタベタしなきゃいけないわけじゃないでしょう？」

不当に弾き出されているわけではない。あいつらとつるむ意義を見出せないので、あえて距離を置いているのだ。

「確かに、ベタベタする必要はないけど……横のつながりは不要ではないからね。ここを修了したら、単独での任務はほとんどない。たいてい、チームで行動することになる。その時に仲間を信用できないと、道を歩くのも困難だ」

「修了したら……って、今言われても」

二年後のことなど、想像もつかない。なにより怜央は、父親との約束である一年が経てばここを出ようと決め込んでいるのだ。

それを石原に言うこともできず、もごもごと言葉を濁した。

「まぁ、確かに未来のことは予想できないね。状況は変わるものだし。……じゃあ、差し迫った問題が一つあるんだけど。羽柴くん」

「は……い？」

突然、真剣な声で名前を呼ばれる。

真顔でこちらを見ている石原に、ナニゴトだと背筋を伸ばして向き直った。

「君がここに入り浸っているのは、他の訓練生たちも知っていると思うんだ」

「それは……」

寮の部屋に戻った際、何度か西岡に「また医務室かよ」と絡まれたことがあるので、「はい」と首を上下させる。

「そのせいで、愉快な噂が立っているみたいだよ」

「噂……？」

「そう。君と私が、よからぬ関係だとか……みんな、娯楽に飢えてるねぇ」

ククク ッと肩を震わせる石原に、怜央は目をしばたたかせた。

真面目な顔をするから、なにかと身構えたのに。いくら娯楽に飢えているとはいえ、どこからそんな発想が生まれるのか理解不能だ。

「な……んだ、それ」

拍子抜けした声でつぶやくと、石原は「愉快だよね」と笑みを深くする。

なんとなく心臓が変に脈打っているのは、思いがけない嫌疑をかけられたせいに違いない。

「羽柴くんの目的は、私じゃないのに」

「え……っ、……って、おれは……別に、なにも」

ここを訪れる目的、と、石原の言葉に反射的に思い浮かびそうになった人影を必死でかき消しながら、しどろもどろに言い返した。

今のは、なんだ？

目的なんて、他になにもない。頭に浮かびそうになった、もやっとした影など……あり得ない。

しどろもどろになった怜央に、石原は『目的』の解説をしてくれる。

「コーヒーと、お茶。時々、お茶菓子もあるしね」

「あ……そう、です。ここで飲むお茶、食堂の薄～いヤツよりずっと美味いし！　いつも、ごちそうさまです」

なんだ。怜央がお茶やお茶菓子目当てだという意味か。変なことを口走らなくてよかった。

ホッと肩の力を抜く怜央に、石原がイタズラっぽい微笑を滲ませて言葉を続けた。

「贔屓(ひいき)してることは、他の訓練生には秘密だよ。まぁ……わざわざ私のテリトリーに入り込もうとするチャレンジャーは、ほとんどいないけど」

「チャレンジャー……って、変な言い方ですね。石原先生を慕ってるヤツ、多いと思うんだけど」

まるで、自分を危険人物呼ばわりするかのような石原に首を捻る。

ゴツくてむさ苦しい大男ばかりのここで、石原はオアシスだ。怜央がそう感じるくらいだから、他の訓練生たちも石原を潤いと思っているはずで……彼らとはほとんど雑談などしないので、推測でしかないけれど。

不思議な思いで石原を見ていると、怜央と目を合わせた石原は「ふふ」と小さく笑った。

「羽柴くんと話してたら、和むなぁ」

「それは、おれの台詞」

そう言う自分こそ、気の休まる場のない怜央を和ませてくれているという自覚がないのだろうか。

「一之瀬教官がいてもいなくても、気にせずおいで」

「ッ……はい。いないほうが、いいけど」

「そう？」

唇を尖らせる怜央に、石原は意味深な微笑を唇に浮かべる。

あの男が、いないに越したことはない。そう決まっているではないか。

あんな……訓練生にセクハラを仕掛けておきながら、キレイさっぱり忘れたような顔をしている暴君なんかと、この癒し空間で顔を合わせたくない。

「そう言えば、近いうちに少し面白い特殊な合同訓練があるみたいだね」

「ああ、はい。チラリとだけ、聞きましたが……どんなこと、させられるのかなぁ」

チームを組んでの行動になるということと、他のクラスの訓練生との対抗戦のようなものだとは聞いていているけれど、具体的なことはわからない。

ここでの訓練は、これまで怜央が経験したことのないものばかりなので……きっとそれも、想像の斜め上を行くものだろうとは思うが。

「残念ながら、私は知っていても話せません。ただ、チームの意味を知るいい機会になると思うから、必要以上の意地やバリアーは張らないようにね。羽柴くんの意地っ張りは私たちから見れば可愛いけど、君らの年代だとわかりやすく表面に出ている部分しか見えないだろうし」

「……よくわかりませんが、やれと言われたことを消化するだけです」

石原の言葉は、今の怜央にはよくわからなくてもどかしい。

うつむき加減になる怜央に、石原は静かに言葉を続けた。

「数多くの訓練生を送り出してきた上官たちが、なんの意味もなく君をクラス長に任命したワケじゃないってことは、忘れないように」

「…………」

石原の言葉に、うなずけない。

唇を引き結んで黙りこくっていると、石原が腰かけていたイスから腰を上げて怜央の脇に立った。

「適当に、ハイって言っておけばいいのに……素直っていうかバカ正直だなぁ。嘘のつけない、イイ子だね」

ポンポンと軽く頭を叩かれて、面映ゆさに首を竦ませる。

これが石原以外の人間に言われたものだったら、ガキ扱いして馬鹿にしていると反発するのだが……この人だと、そんな気になれない。

こんなふうに、近くにいるだけでホッとできる存在は初めてだ。姿が見えるだけで感情が波打つ憎き『覇王サマ』とは、対極にあると言ってもいい。

「おれ、石原先生が好きかも」

「ありがと。私も羽柴くんは好きだな。ちょっと歳の離れた弟って感じだ。下手したら、息子……？　うーん……複雑だな」

思い浮かんだままスルリと口に出した台詞は、いつもと同じ温和な笑みと冗談で受け流されてしまった。

でも、弟のようだという言葉は素直に嬉しい。

「あ、そろそろ行かないとボイラー止められちゃうよ」

ポンと肩を叩いて離れていった手に名残惜しさを感じつつ、大きくうなずいて立ち上がった。

「お邪魔しました。また……来てもいい？」

「どうぞ。……一之瀬教官と鉢合わせするのが嫌だから来ない、って選択肢はないんだね」

不意打ちで一之瀬の名前を出されて、トクンと鼓動が乱れる。足元に視線を泳がせた怜央

は、

「なんで、おれが遠慮しなきゃ……一之瀬教官がいてもいなくても、関係ないし。いないほうが気楽だけど」

歯切れ悪くそう口にして、唇を噛んだ。

だいたい、一之瀬と顔を合わせたくないからここに来ない、なんて……負けるみたいで嫌だ。

「気楽、か。まぁ……それは君を見てたらわかるけど。一之瀬教官がいる時といない時では、雰囲気が違う」

「ですよねっ？　無駄に迫力があるし、偉そうだし、すぐ殴ったり蹴ったりするし。いないほうが平和だ」

「……若いっていいなぁ」

力説する怜央に、石原はなんとも形容しがたい苦笑いを浮かべて、そんなことをつぶやいた。

「石原先生、その発言……危険」

「あはは、オジサン発言だよね。まぁ、そう言われても仕方のない歳だけど」

「オジサン……って、似合わない単語を口にしないでください。そんな、キレーな顔して」

「ありがと。羽柴くんも可愛いよ。ほら、本格的に急がないといけない時間になってきた」

「あっ、ホントだ。じゃ、失礼しますっ！」

軽く背中を押されて、慌てて石原に頭を下げると医務室を飛び出した。

廊下を走りながら、なんだか『なぞなぞ』というか『とんち』のようだった石原の言葉の数々を頭の中で反芻（はんすう）する。

一之瀬がいてもいなくても、とか……気楽と言った怜央に、苦笑いをしたり。

どこか引っかかる。

「なんか、意味深っていうか……そのまんまの意味じゃなかった感じなんだよなぁ」

そうして考えても、オブラートに包まれたような石原の発言の真意は導き出すことができなかった。

《六》

赤・青・黒の合同訓練の説明だとグラウンドに集められた怜央たち訓練生は、整列をして赤クラスの教官である篠原に注目した。

普段とは違う、少し大がかりなものだと聞かされてはいても、内容は想像もつかない。

初めは緊張感も乏しく、軽い気持ちで耳を傾けていたのだが……篠原の説明が進むにつれ、場の空気が硬くなる。

「グループ分けは、寮の同室者四人だ。支給品は、グループごとにザックが一つ。中身は見てのお楽しみだから、ここで覗くなよ。最初に説明したとおり、明日の正午まで『鬼』から逃げ切る課題だ。『鬼』に捕獲されるか……もしくは、ギブアップの閃光弾を上げたところで終わりだ。逃げ切ったグループにはご褒美が、途中で脱落したグループには愉快なお仕置きが待っているからな。どっちも楽しみだなぁ？」

GPSで監視しつつ、山の中を右往左往する自分たちの行動をチェックする篠原は、あからさまに楽しそうな顔をしている。

高みの見物をする側からすれば、確かに愉快だろうと怜央にもわからなくはない。

グラウンドに集められた自分たち訓練生は皆が神妙な顔をしていて、間違っても楽しい雰囲気ではないのだが。

「クラス対抗も兼ねてるからな。生き残りが一番多いクラスは、明日の晩飯から三日間、他より豪華になるぞ。逆に、最下位は……さあ、どうなるかな」

篠原が口を噤むと、今度は黒クラスの担当教官である新川がそう言いながら笑う。

こちらも篠原と同じく、妙に楽しそうだ。四十も過ぎているだろう大男が、嬉しそうにニヤニヤしている姿は見苦しい。

二期目に入った訓練生が『鬼』となり、自分たち一期生を追い回す……その間、教官たちはいい休息になると、解放感に浸っているに違いない。

「おまえら、もっと嬉しそうな顔をしろ。大自然の中で童心に返って鬼ごっこなんて、レクリエーションみたいなもんだろうが」

腕を組んだ篠原に、士気が低いことを咎められる。

怜央の隣にいる西岡が、コッソリと尋ねてきた。

「……おまえ、嬉しいか？」

「んなわけ、ないだろ」

眉間に皺を寄せて返すと、西岡は「だよなぁ」と、憂鬱だと隠そうともしないため息を漏らす。

大自然と言えば聞こえがいいかもしれない。でも実際は、ほとんどジャングルだ。養成所の建物がある島の山頂部分から船着き場への道路は舗装されているが、それ以外は草も木も育ち放題で未開の地にも等しい。

海岸に出る際、何度か山中を突っ切らされたことがあるけれど、行程の半分ほどは登山を通り越してロッククライミング状態だった。

猪(いのしし)やマムシが出ると初めて聞かされた時は脅しだろうと鼻で笑ったが、あまりにも現実的で今では笑えない。

まさか、熊や狼はいないはず……と、せめてもの慰めを心の中でつぶやく。

なにより憂鬱なのは、

「二十四時間、耐久レースかよ」

これだ。

近くで誰かが零(こぼ)したボヤキに、ため息で同意する。

道理で、さっき済ませた昼食がやけに豪勢だったわけだ。

グループごとに一つ与えられた、支給品が入っているという大きなザックの内容がどんなものか知らないが、下手(へた)したら明日の昼まで食事にありつけない。

「このバングルは発信機だ。受信装置は、当然『鬼』が持っている。グループの代表が腕に嵌(は)めておけ。……捨てるなよ？　俺らもＧＰＳで行動を監視していることを忘れんな。根性の腐った真似をしたら……俺らのストレス発散に役立ってもらうからな。まぁ……俺たちは、それでもいいが」

ザックと共に配られるバングルには、『鬼』の追跡のため……ついでに行動監視を兼ねた発信機やらGPSが仕込まれているらしい。

さほど大きなものではないが、あれを腕に着けるとなれば邪魔そうだ。

「代表、取りに来い」

篠原の言葉に、各グループの代表に立候補したのか押しつけられたのか……バラバラと数人が動き出す。

デカいザックだなぁ……アレを担いで逃げ回れって？

そう他人事のように考えながら眉を顰めていると、西岡と嶋田と清水の目が怜央に向けられた。

「な、なんだよ」

「……クラス長だろ、おまえ。それとも王子様は、ザックも担げないほど非力か？」

嶋田が怜央の胸元を指差して、そう口にする。

チラリと見遣った西岡と清水は、怜央と目が合う寸前に視線を逸らした。

「わかったよ！　おれが荷物持ちをすればいいんだろ」

面倒を押しつけられたとしか思えないが、できないと馬鹿にされるのが嫌で自棄気味にそう言い放ち、大股でザックを引き取りに向かった。

「……おまえか。腕を出せ」

怜央が青い端切れの括りつけられたザックを手に取ると、銀色のバングルを手にした一之瀬が二の腕を摑んでくる。

一之瀬の指のぬくもりを感じた瞬間、反射的にビクッと肩を震わせてしまい眉間に縦皺を刻んだ。

そんな怜央の反応を一之瀬は気にもかけず、淡々と話しかけてくる。

「面倒を起こすなよ。犬ってのは、調教しなくても本来群れるもんだ。一匹狼は格好よくないからな」

「言われなくても……イテッ！」

ボソッと言い返したと同時に頭にガツンと衝撃が降ってきて、一之瀬を睨み上げる。

拳で殴りやがった。

「手が痛いから、素手で殴らないんじゃなかったのかっ？」

「なんだ、コイツがよかったのか。そりゃ期待を外して悪かったな」

しまった。藪蛇というやつだ。

クッと小さく笑った一之瀬は、ズボンのベルトに挟み込んでいた鞭を素早く取り出して怜央の尻に振り下ろした。

「イテテテ、そっちがいいって意味じゃね……ッ！」

余計なことを言った！

自分の迂闊さを呪いながら、ザックを拾い上げて一之瀬の射程から逃げる。チラリと振り向いて確認した一之瀬は、怜央を深追いすることなく武器をズボンのベルトに戻していた。

……このザック、見た目もデカいがメチャクチャに重い。体感では、十キロ余りはありそうだ。

これで、ロクなモノが入っていなかったら本気で恨めしい。

「じゃあ、開始だ。ぴったり一時間後に『鬼』の追跡が始まるから、それまで可能な限り遠くまで逃げろよ。次におまえらがここに来るのは、無事に逃げ切った二十四時間後か鬼に捕獲された時か、ギブアップのために投降する時だからな。どれがベストかは、言うまでもないだろう。……面倒だから、死ぬような怪我はするな。終了の合図は、打ち上げ花火だ。解散！」

篠原の無責任な言葉に唖然とした怜央をよそに、周りが動き始める。

不満や文句を言ってもどうにもならないと、これまでの経験で学習しているせいだろう。それぞれグループのメンバーとなにやら相談しながらグラウンドを出て、早足で山に向かっていく。

「羽柴、ボケッとしてんなよ」

清水に足元を蹴られ、同じ強さで蹴り返した。

「……動きが鈍いおまえに合わせてやったんだよ」

百八十センチの後半はあるだろう清水は、図体は立派だが小回りが利かない。瞬発力とパワーで押すタイプだ。

実技の際に、身軽な怜央に振り回されていることは本人も自覚しているのだろう。

「チッ」

忌々しそうな舌打ちを残して、背中を向ける。腕力だけが取り得のクセに、ザックに手を伸ばそうという素振りも見せない。

「くそ、やっぱりおれが担ぐのかよっ」

小さくぼやいて、ズッシリと重量のあるザックを背負った。一歩踏み出したところで、西岡が肩を叩いてくる。

「重いなら持ってやろっか。王子様にはキツイだろ。つーか、途中でリレーしたらいいんだな」

「……これくらい、どうってことねーよ。馴れ馴れしく触んな」

肩に置かれている西岡の手を振り払い、歩き出す。

必要以上に突っぱねていることはわかっているが、今更「手伝ってくれ」などと言い出せなくて、正面だけを見据えて歩き続けた。

□□□

いつ、どこから『鬼』が現れるかわからない。

そんな緊張状態の中、足場の悪い山中を目的もなくさ迷う。

自分たちが解散になった一時間後に追跡を始めると言っていたが、とっくにその時間は過ぎているはずだ。

二期目の訓練生は、確か八人だと聞いているが……数的にはこちらが有利でも、アチラは自分たちの動きを把握する術を持っているのだ。油断できない。

額を伝う汗を手の甲で拭ったところで、少し前を歩いていた嶋田が振り向いた。

「暑ぃなぁ。喉渇いた。支給品って、水もあるだろ。そろそろ、ザック開けようぜ」

「……羽柴、それ下ろせよ」

清水に促され、無言で背中からザックを下ろす。途端に身体が軽くなり、無意識に大きな息をついた。

「あ、やっぱり水があるじゃんか。一リットルのペットボトルが四つ……って、明日までこれだけか？」

「あとは、自分らで沢でも探して飲めってことだろ。レーションが二食分×四……やけにバラエティに富んでるな。ＵＳＡと、ドイツと、カナダにポーランド……ニュージーランドとウクライナ？　これは……日本語ってことは、自衛隊のヤツか。……で、サバイバルナイフとマッチに固形燃料、これはファーストエイドキットだな」

ゴソゴソとザックを漁ったやつらは、支給品を検めながら感想を口にする。

怜央は、それらを一歩離れたところから見ながらひっそりと眉を顰めた。

実食させられたことのある各種レーションは、カロリー摂取だけを目的とするもので決して味を求めてはいけないと学習済みだ。

一口食べて押し黙った訓練生たちを前にした一之瀬曰く、『とりあえず、死ななかったらいいからな』だそうだ。

「逃げるったって、たったの二十四時間だろ。頭上から爆弾が降ってくるでもないし地雷が埋まってるわけでもないんだから、チョロい」

近くにある木にもたれかかってそう言った怜央を、しゃがみ込んでいる西岡が見上げて言い返してきた。

「舐めてたら痛い目に遭うぞ、発信機」

「誰が発信機だ。いざヤバくなったら、おれを『鬼』に差し出しておまえらだけ逃げればいいいんじゃないの？」

発信機を身に着けているのは、自分だけなのだ。危機的状況になれば、トカゲの尻尾の如く切り捨ててしまえば彼らはセーフだろう。

怜央は、思ったことをそのまま口にしただけなのに、西岡は険しい表情で立ち上がって怜央のTシャツの胸元を摑んできた。

「おまえ、本気でそう言ってんのか」

「……冗談を口にする理由があるか？」

「くそっ、可愛げがねぇな。話にならねーよ」

なにが気に障ったのか、腹立たしげに言い捨てて怜央のTシャツから手を離す。

解放された怜央は、西岡に摑まれていた胸元を手で払って不可解な表情を浮かべた。

……なにか間違ったことを言っただろうか。危うくなれば、少しでもプラスになる手段を取るのが当然だと思うのだが。

「西岡、もう羽柴に構うのやめろよ」

「だよなぁ。協調性ってヤツが皆無だし。コイツがこの態度なら、おまえがなにやっても無駄じゃねーの？」

怜央と西岡のやり取りを傍観していた清水と嶋田は、呆れたような目で怜央を見ながら西岡を宥める。

「ってわけにいくか。グループなんだから一蓮托生だ」

「おー、見事な優等生発言。おまえのほうが、お山の大将に向いてんじゃねーの?」

わざと西岡の発言を茶化した怜央を、清水と嶋田が睨みつけてくる。西岡はフンと鼻で笑って、地面に広げていた支給品をザックに突っ込んだ。

珍しく西岡が挑発に乗ってこないせいで、拍子抜けしてしまう。これでは、自分だけが子供じみた駄々をこねているみたいではないか。

「西……」

「動くぞ。ひとところでジッとしていたら、『鬼』の標的だ。そろそろ、近くまで来ていてもおかしくない」

早口でそう言い、ザックを手にして歩き出した西岡の後を慌てて追いかける。

「ザック、おれが」

荷物運びは、自分の担当だろう。リーダーなのだから。

そう口にしながらザックに伸ばした手を、邪険な仕草で振り払われた。

「うるせぇ。おまえが担いでトロトロ歩いてると、あっという間に捕まりそうだ。俺が背負ったほうが、速く動ける」

こちらを見ることもなく、不機嫌な声で言い放った西岡の台詞に、カッと頭に血が上るのを感じた。

「なんだよ、それ。おれが頼りないって？」

おまえになんか、任せられないと侮られた？

胸の内側に渦巻く不快感を抑えきれない怜央は、身体の脇で両手を握り締め、足元が不安定な岩場をよじ登る。

西岡は大きな荷物を背負っているくせに、危なげない足取りで怜央の先を行きながら言い返してきた。

「だから、そういう受け取り方をするなよ捻くれ者！」

「捻くれてて悪かったな！」

「悪いよ。当然だろっ。自分一人で頑張ってる気になるな！」

「……偉そうに説教してんじゃねぇよっ」

声を潜めることなく言い合っていると、少し離れたところから自然のものではない物音が聞こえてきた。

「おい、おまえらちょっと黙れ」

清水が緊張を帯びた声で低く口にして、さすがの怜央も唇を引き結ぶ。

耳を澄ませると……複数の人の声が風に乗って運ばれてきた。

「ッ、やべ……」

「バ……、カ。そっちは崖……っ」

「っでも、ここで捕まっ……ら、呆気なさすぎで……みっともな……」

少し距離があるせいか、途切れ途切れで聞き取りづらい。

でも、どこかのグループが『鬼』に追跡されているらしいということは、容易に想像がついた。

「もたもたしてる場合じゃないな」

「……ああ。急げよ、羽柴っ」

背後から肩を小突かれて、反論をグッと呑み込んだ怜央はゴツゴツとした岩を摑む手に力を込めた。


視界が薄暗くなってきたのは、頭上を覆う木の枝と茂る葉だけが理由でなく、陽が西に傾いてきたせいもあるだろう。

支給品には時計がなかったので、今が何時かはわからないが日没が迫っていることだけは確かだ。

三人の背中を追いかけている怜央は、大きく肩を上下させて足元に視線を落とした。額から顎まで伝った汗の雫が、ポタリとシューズの甲に滴る。

脚が……重い。足元が不安定なのが怖くて、岩や木の枝を力いっぱい摑むせいで、指先がジンジンと痛い。

怜央が遅れがちなのは、彼らにもわかっているはずだ。先頭を歩いていた西岡が、チラリと怜央を振り返って立ち止まった。

「休憩するか？」

「いら……ね」

「無用な意地を張るな、バカ。おまえが身動き取れなくなったら、ザック以上に巨大な荷物だ」

「……そうなったら、捨てていきゃいーじゃん」

ゼイゼイと荒い息をつきながら憎まれ口を叩く怜央に、西岡は大きなため息をついて背負っていたザックを下ろした。

「俺も一休みしたいし、『鬼』の気配もないからちょっとくらいは大丈夫だろ」

「ああ……そうだな」

「羽柴、おまえのためじゃねーよ」

西岡の言葉に、清水と嶋田が答えて地面に腰を下ろす。

おまえのためではないと言われても、自分がバテ気味なのは確かで……気遣われるような休憩が腹立たしくて顔を背けた。

「ほら、水。と……コレも口に入れておけ」

「…………」

ペットボトルとキャラメルの包みを差し出されて、むっつりと唇を引き結んだまま受け取る。

礼を……言うべきだということは、わかっている。ただ、意地を手放せなくて不遜な態度を取る。

黙々と水を含んで渇いた喉を潤し、キャラメルの包みを開いた。

口の中に放り込み、舌の上に甘みを感じた瞬間、うっかり涙ぐみそうになってしまいグッと堪える。

……子供の頃に何度か口にしたことがあるはずだが、もっと贅沢なものを知ってキャラメルの味など忘れていた。

なんの変哲もなく、素朴としか言いようのないシンプルなキャラメルが、こんなに美味しいなんて知らなかった。

「陽が落ちたら、どこかで仮眠だよなぁ」

「交代制で、『鬼』を警戒しつつ……だな。どうせ、ほとんど寝られねーだろ」

「特に、王子様はな。岩や土のベッドなんか、ごめんだよなぁ？」

ククッと肩を震わせた嶋田に、からかう口調でそう水を向けられて、手に握り込んでいたキャラメルの包み紙を反射的に投げつけた。

「いちいち、王子様とかってバカにした言い方してんじゃねーよっ」

「おまえがそうさせるんだろ！　ツンツン取り澄ました面で、下賤の者には触られるのも嫌ですぅ……なんて態度でさ。王子様っていうより、深窓のご令嬢かよ」

「ふざけんなよ」

互いに沸点が低いのは、疲労のせいに違いない。

そう頭ではわかっていても、理性でブレーキをかけることができなくて嶋田に手を伸ばした。

Tシャツの襟元を摑み、憤りをぶつける。

「そんなに仲良しゴッコがしたいなら、おれに絡んでくるな！　好きなだけ西岡たちと群れてたらいいだろ」

「そうできないから、おまえに態度の改善を求めてんだろ！　協力的になれとは言わねぇから、場の空気を悪くするなっ。なにもできねぇ王子様らしく、黙って後をついてくればいいんだよ！」

「……おい、嶋田」

険悪な空気を見兼ねてか、西岡が嶋田の肩に手を置く。

ついでに襟元を摑んでいた怜央の手の甲を軽く叩き、「いい加減にしろ」と静かに口を開いた。

腹が立つ。なにに？　癇癪を撒き散らすしかできない、自分に……。

「動くぞっ」

嶋田の襟元から手を放した怜央は、地面に置かれていたザックを持ち上げて肩にかけた。

苛立ちを抱えた勢いのまま歩き出したところで、背後から西岡に腕を掴まれる。

「待て、羽柴。そっちは……」

「触んなよっ、……ッ？」

西岡の手を振り払おうと身体を捻った直後、足元の石がグラリと揺れた。背後は……切り立った斜面か？

「バカ、羽柴！」

ヤバい！　と、落ちることを覚悟して目を閉じる。

浮遊感が襲ってくるはず……だったのに、身体に感じた衝撃はわずかなものだった。

「あ……」

恐る恐る瞼を開くと、怜央の目に映ったのは草と……薄汚れたシューズ。そのシューズの主らしい西岡の声が、頭上から落ちてくる。

「一人で突っ走るな、バカやろ！」

どうやら西岡が、斜面を落ちかけた怜央の腕を摑んで引き戻してくれたらしい。

危機から逃れられたことを悟った途端、心臓が猛スピードで脈打ち始める。背中を、冷たい汗が伝い落ちた。

さすがにこれは、自分が悪い。

「わ、悪かっ」

謝罪と、礼を……。

そう思って口を開きかけたところで、清水と嶋田の声が耳に飛び込んできた。

「黙ってんなよ、羽柴。おまえ、礼も言えねーの？」

「あーあ、ザックは……崖の下か。暗くて見えねーな。取りに行くのは、明るくなってからか？」

自分の代わりに、貴重な支給品の詰まったザックが斜面を転がり落ちたらしい。

西岡に「悪かった」と「ありがと」の両方を告げるタイミングを逃してしまい、手元にある草を握り締める。ザリッと爪のあいだに土が食い込む不快感に、眉根を寄せた。

……その直後、岩の脇に投げ出している右足のすぐ傍でなにかが動いた。

「ぁ……ッ」

キリで突かれたような鋭い痛みに驚き、咄嗟に脚を振る。ガサッと草を揺らして視界から消えたのは……蛇のようだった。

なんだ、今の……？　まさか、蛇に……咬みつかれた、か？

一連の出来事があまりにも短時間だったことから、自分の身に起きたことがきちんと捉えられない。

怜央は声もなく、ドクドクと脈打つ心臓をTシャツの上から押さえる。右足首には鈍い違和感があり、実際我が身に起きたことだと体感させられた。

本当に蛇に咬まれたのだとしたら、どうしたらいい？　頭の中が真っ白で、なにも考えられない。

「羽柴、とりあえずここから動いて、月明かりのあるところで朝を待とう。明るくなってから、ザックを探して……ってしてるうちに、昼になりそうだな」

呆然(ぼうぜん)としている怜央は西岡の言葉にも答えられなくて、返事をすることなくぼんやりと自分の足元を眺める。

もしかして、マズイ……か？

でも、ここで蛇に咬まれたなんて騒げば、また「王子様」呼ばわりと共に馬鹿にされるに違いない。これ以上トラブルメーカー扱いされるのは、腹に据えかねる。

黙ったままの怜央が臍(へそ)を曲げていると思ったのか、嶋田と清水の呆れた声が耳に入ってきた。

「西岡、放っておけよ。オレ、そいつと話すのヤメた」

「……勝手についてくるだろ」

友人二人に肩を叩かれた西岡は、怜央に向かって、

「動くぞ。はぐれるなよ」

それだけ言い残し、ゆっくりと歩き出した。

こんな、真っ暗な山の中で置き去りにされるなんて冗談じゃない。

そんな危機感に背中を押されて機械的な動きでのろのろと立ち上がった怜央は、足を動かした途端、右の足首あたりに走った疼痛に顔を顰める。

「ッ……痛え」

どんな蛇か……暗くて、よく見えなかった。ただ、毒を持つマムシだと、ヤバいということだけは確かだ。

生物毒に関する講義では、確か出血毒のマムシに咬まれると二、三十分で疼痛、出血、腫脹が起きて……一、二時間で皮下出血が広がり、水疱形成、リンパ節の腫脹と圧痛に発熱、めまい、意識混濁と進行する。

注入された毒の量にもよるが、重症化したら……。

「羽柴？　どっか痛めたか？」

「……いや」

立ち上がったきり怜央が動こうとしないせいか、怪訝そうに声をかけてきた西岡に短く返した。

その声は、自分でも弱々しいと思うほど力ないもので……当然、西岡も不自然さを感じ取ったのだろう。

「つっても、足を引きずってないか？」

「なんでもないって」

どうということはないと、頑なに言い張る怜央に痺れを切らしたらしい西岡が、引き返してくる。

痛いほどの力で肩を摑まれ、硬い声で詰問された。

「隠すな。なんかあったのなら、言えよ。羽柴っ！」

沈黙は、数秒。

夜闇が深まり、ほとんど視界が利かない状況でも、間近でこちらを凝視している西岡の表情はぼんやりとした月明かりで見て取れる。

真っ直ぐに怜央を見下ろす西岡から目を逸らし、ポツリと口にした。

「……蛇」

「ああ？　蛇が？」

「咬まれた、かもしれない」

ポツポツ告げると、怜央の肩を摑んでいる西岡の指に力が増した。

立ち止まったまま動かない怜央と西岡を不審に思ったのか、草を搔き分けて清水と嶋田が戻ってくる。

「なんかあった？」

「西岡？」

「非常事態だ。閃光弾を……って、荷物は落としたんだったか、くそっ」

早口で「閃光弾を」と言いかけたところで、ザックが崖下に落ちたことを思い出したらしく、忌々しそうに舌打ちをする。

焦りを見せる西岡に、清水が不思議そうに言葉を返した。

「なんだよ。閃光弾って、ギブアップ宣言？　荷物がないくらいで」

「そうじゃねーよ。羽柴が蛇に咬まれた……らしい」

笑いながら言いかけた清水の言葉を、西岡が硬い声で遮った。すると、その脇にいる嶋田が刺々しい口調で不満を零す。

「ああ？　なんだよ、またコイツが面倒を」

「そんなことを言ってる場合かっ！　マムシだったら、命に関わるかもしれないんだ。羽柴、どんな蛇だったんだ？」

命に関わるという緊迫した一言で、惚けていた怜央は現実に立ち戻った。目をしばたたかせて、小さく答える。

「知らね。……見えなかった」

「ちょっとくらいは見えただろっ？」

「ホントにわかんねーんだって！　一瞬で、すぐに足を振り払ったから」

これ以上怜央に聞いても無駄だと思ったのか、肩を摑んでいた西岡の手がため息とともに離れていく。

「……とりあえず、上に戻ろう。羽柴、俺が背負うから」

「いらねーよっ！　おれ一人でギブアップするから、おまえらはこのまま続き……」

「いい加減にしろっ！」

左腕に装着していたバングルを外して手渡そうとした怜央を一喝すると、西岡は強い力で二の腕を摑んで歩き出した。反射的に腕を払おうとしても、ガッチリと摑まれていて離れていかない。

向かうのは……養成所の施設がある、山頂だ。

「悪い、清水。先に行って、誰か……教官に声をかけておいてくれるか。その大岩には憶えがある。ここからだと、そんなに時間がかからないはずだ」

「わかった」

もう余計なことは言わずに、短く了解の意だけを残した清水は、素早く岩場を登っていった。

西岡と嶋田に挟まれた怜央は、自分の腑甲斐なさに奥歯を嚙んで鈍い痛みを訴える足を動かし続ける。

あまりにも情けなくて、養成所の灯りや建物が見えてきても、一言も言葉を発することができなかった。

《七》

清水から先に報告を受けていたのか、養成所の敷地に入る手前で一之瀬が待ち構えていた。西岡と嶋田に挟まれて歩く怜央の姿を目にすると、早足で近づいてくる。その長身を目にした途端、怜央の肩からふっと強張りが解けた。

「蛇……って、マムシか？　いつ咬まれた」

「それが、羽柴もよく見えなかったらしくて……蛇の種類は不明です。一時間は経っていないです。三十分から四十分くらい前だと思いますが」

緊張を帯びた硬い声で尋ねてきた一之瀬に答えたのは、西岡だった。

怜央は、二の腕を摑んでいた西岡の手から逃れて、険しい表情でこちらを見ている一之瀬を見上げる。

「な、なんだよ、真顔で。そんなに痛くね……し」

「バカ野郎、ヘラヘラ笑ってんじゃねぇ！」

「ッ！」

ピリピリとした緊張感が怖くなり、茶化そうと……ヘラリと笑った直後、頭上から怒声が落ちてきて首を竦ませた。

訓練中も鞭を振るいながら自分をからかう時も、常に飄々としている一之瀬がこんなふうに声を荒らげたのは初めてで、グッと喉を鳴らして口を噤む。

そうして気圧されたことが悔しいと感じる隙もないほど、一之瀬は切迫した空気を全身に纏っていた。

大きく肩を上下させた一之瀬は、落ち着きを取り戻した声で淡々と口にする。

「マムシだったら、激しい痛みが出るのは少し時間が経ってからだ。場合によっては、咬まれた直後はピンピンしていたのが三～四日後に死亡することもある」

「…………」

真剣な顔で語られた言葉に、さすがの怜央も声もなく頬を強張らせた。

もう一度深く息をついた一之瀬は、有無を言わさず怜央の身体を肩に担ぎ上げる。

「な、なにすんだ」

「暴れんなよ。ここまで歩いたなら今更かもしれないが、興奮したら血液の循環に乗って毒が回る。筋組織の壊死はできるだけ避けたいだろ」

淡々とした説明に下ろせと暴れられなくなり、身体の力を抜いた。

密着した一之瀬の身体から、体温が伝わってくる。肩に担がれているせいで、目の前にあるのは背中だが……心臓の鼓動も感じられた。

トクトクとテンポの速い脈動は、平静時より忙しないものに違いない。

「コイツは医務室行きだ。おまえらは……途中棄権だな。篠原教官に指示を仰げ。心配しなくても、コロリと逝ったりしねぇよ」

「……わかりました」

西岡たちがどんな顔をしているのか、視界が一之瀬の背中だけになっている怜央には見えない。

怜央を担いだ一之瀬が大股で歩き始め、不安定に揺れる体勢が心許なくて目の前にある蛍光オレンジのTシャツを握り締めた。

……目の前がなんとなく滲んでいるのは、一之瀬の体温にホッとしたからではない。この男に担がれて安心するなんて、あり得ない。

ダメだ。認めてはいけない。

この安堵感の正体を認めてしまったら……引き返せない。今までの自分を取り戻せなくなる。

得体の知れない警鐘がガンガンとうるさいくらい頭の中で鳴り響いていて、怜央は強く奥歯を噛み締める。

Tシャツを握る自分の手が小刻みに震えていることには気づかないふりをして、こっそり縋りつく指に力を込めた。

それも、うっかり肩から振り落とされてしまったら嫌だから……と、自分に言い訳を重ねて。

一之瀬は無言で医務室のグラウンド側のドアを開けると、電気を点して靴のまま上がり込んだ。

ここの主である石原の姿は、今は見えない。奥側のベッドに下ろされると、腰かけている怜央の前に一之瀬が膝をつく。

「どこだ」

「右……足首」

短い問いに怜央が答えると、一之瀬の手がズボンの裾を捲り上げた。手早くシューズと靴下を脱がされて、脹脛のあたりを掴まれる。

自分の足元に跪いている一之瀬の薄茶色の髪を、不思議な心地で見下ろした。

この角度で一之瀬を目にするのは、初めてだ。

いつもは、尊大な態度で高いところから睥睨されていて……容易に触れられる位置にある色素の薄い髪に、ふらりと指を伸ばしかけた。

「咬傷は……こいつか」

「あ……」

低いつぶやきに、パッと手を引く。

状況を忘れたわけではないが、目前の触り心地のよさそうな綺麗な色の髪に意識を奪われかけていた。

一之瀬がいればもう大丈夫だと、説明しがたい感情が込み上げて気が抜けたのだとは考えたくない。

大股で近づいてきた一之瀬の姿に、ほんの少し身体の強張りが解けたことは否定できないけれど……。

「牙の痕は一か所か？　片牙のヤツは珍しいな。それも、ごく浅い。腫脹や皮下出血、水疱やリンパ節の異変も……なし、と。かすっただけか。ズボンと靴下が、厚みのある物だったことが幸いしたな」

指先で膝下をあちこち弄りながら怜央の足首を検分していた一之瀬の声から、徐々に切迫感が抜けるのがわかった。

恐る恐る自分の足元を見ていた怜央は、顔を上げた一之瀬と目が合いそうになって慌てて視線を逃がす。

「どんな蛇だったか、全然見てないって？　頭の形……色や斑紋は？　マムシなら、赤褐色の銭形紋だ」

「見えなかった」

思い出そうとしても、記憶はあやふやだ。あの時は、蛇に咬まれたということで頭がいっぱいになっていた。

「万が一そいつがマムシだったとしても、運よく毒素が注入されなかったか……。副作用が厄介だから、血清を使うかどうかはしばらく様子を見てからだな。まぁ、この感じだとまず大丈夫だろ。擦り傷さえ治ればいい」

ポンと怜央の膝を叩いた一之瀬が、床についていた膝を浮かせる。

頭上から影が差し、怜央は視界に映る一之瀬のズボンの裾と紺色の靴紐をぼんやりと眺めた。

きっと、一之瀬は自分を見下ろしている。今顔を上げたら、まともに目が合ってしまうだろうから、動けない。

なんとも気まずい空気が息苦しくて、膝に置いた手を握り締めた。

「聞きたいことはいろいろあるが、とりあえず後回しにしてやる。……今晩は特別にここで休ませてやるから、大人しく寝てろ。明日になっても腫れが広がっていなければ、問題なしだ」

うつむく怜央の頭を軽く数回叩いて、視界から一之瀬の脚が消えた。

足音が遠ざかり、医務室の扉を開閉する音が聞こえて……静かになる。

「……ふ、ぅ」

そろりと顔を上げた怜央は、一之瀬の姿が室内にないことを確認して特大のため息をついた。

全身の力が抜けてしまい、腰かけているベッドに転がる。

……身体が重い。目を閉じると、ずぶずぶとベッドに沈み込んでいくみたいだ。

「あいつら、ますますおれに反感を持ってるだろうな」

グループ行動で、なにひとつ役に立たなかったばかりか……結局、足手まといにしかならなかった。

最後の最後に、これだ。

もっとうまく立ち回れるはずなのに、自分でも全然思うようにできない。もどかしい。

「ちくしょ……」

身体を横向きにして、胸元に膝を抱えた。そうして小さく丸まって、やり場のないモヤモヤとしたものを噛み締める。

「寝ろって……ガキ扱いしやがって」

一之瀬に触れられた余韻をかき消すかのように、グシャグシャと髪を掻き乱す。

そうして、身を小さくして閉塞感に耐えていたけれど、自覚している以上に心身が疲弊していたらしい。

いつしか、うとうと浅い眠りに落ちていた。

「ン……？」

これは……なんだろう？　少しひんやりとした指が、額に触れている？

怜央がかすかに身動ぎしたせいか、その指が離れていった。

……もっと、触れてほしいのに。

肌を撫でる指先は、すごく心地よかった。優しい感情が伝わってきて、ひりついていた心が和らぐ。

ジッとしたまま重く感じる瞼を開けられずにいると、今度は首筋に手のひらを押しつけられるのがわかった。

これは、発熱していないかどうか、体温を確認している手つきだ。ということは、この手の主は石原……か？

怜央は目を閉じたままで、ポツリと零した。

「自己嫌悪で……死にそう」

情けない一言をつぶやいて、キュッと唇を引き結ぶ。怜央が目を覚ましていると思わなかったのか、首筋にあった指がかすかに震えた。

また、離れていってしまう……と思っていたけれど、場所を移動した指に優しい仕草で前髪を掻き上げられて額に押し当てられた。

ダメだ。そんなふうに触れられたら、際限なく甘えたくなる。強く握り締めていたはずの意地の手綱が、緩んでしまう。

ただ、石原にはこれまでにもみっともない愚痴を聞かせているから、格好をつけても今更か。

弱った心は泣き言を呑み込むことができなくて、掛け布団に顔を埋めるとポツリポツリ口を開いた。

「おれ、クラス長とか……もう嫌だ。おれだって、反感を買いたいわけじゃないけど……普通にしてても、あいつら、なんでか怒るし。これまで、誰もおれに協調性がないなんて言わなかったのに……ここに来てからは、なにやってもダメで……」

石原は、無言で怜央の泣き言に耳を傾けてくれる。それが、ありがたかった。

今の怜央は、慰めを求めているのでもアドバイスを求めているのでもない。

ただ、胸の中で巨大な塊に育って破裂しそうになっている自己嫌悪を、吐き出したいだけだ。

「今まで、勝手に周りがお膳立てしてくれてたなんてわかんなかった。手助けしてくれることが当たり前で、おれ……あいつらが言うみたいに、世間知らずで自分勝手な王子様だったんだって、ここに来て初めて知った。それも、みんな……『羽柴』って名前に媚びてただけ

で、おれなんかどうでもよかったんだろうな」

どんなことでもたいてい器用にこなせたから、全能感に浸っていた。我儘が受け入れられ、自分が一番で、負け知らずで……与えられた境遇に胡坐をかいていたのだと、自覚したことなどなかった。

王子様？

配下の家来に慕われる清廉潔白な王子ではなく、虎の威を借りて虚勢を張る井の中の蛙だ。子供の頃に本で読んだ、滑稽な『裸の王様』そのものだったと、なにもかも思いどおりにならないここで突きつけられた。

「……脱落を言い渡されるかなぁ」

これまで、クラス長を任命された人間が一期目の途中、しかも一回目の合同訓練でクビを言い渡されたことはないと聞いている。自分が、屈辱的な第一号になってしまうのではないだろうか。

「ここから出られて、せいせいする……って、思えないのが不思議だ」

父親との約束で、この『アルカトラズ』で我慢するのは一年だと決めていたつもりだ。でも、自ら離脱するのと追放されるのでは意味が違う。

なにより……こんな中途半端な状態で、逃げるようにここを去っていいのか？

迷い迷い、自分の中でも整理できていない思いを吐露する。主語もなく、曖昧で支離滅裂だったはずだが、髪に触れている手は離れていかなかった。

「一之瀬、教官も……今度こそ、おれに呆れたかも」

リーダーとしての資質が乏しいのは、きっととっくに見抜かれていたはずで、これが決定打になったかもしれない。

あの綺麗な瞳に、侮蔑と諦めの色が滲んでいるのでは……と、怖くて目を合わせられなかった。

「無視されたり、どうでもいいって顔を背けられるより、怒鳴りながら鞭を振るわれたほうがマシだなんて……おれ、変かな」

かな、ではない。どう考えても、変だ。

自分がなにを考えているのかわからなくて、自嘲の笑みを浮かべたと同時に、予想もしていなかったことが起きた。

「それはなにより。俺も、生意気で勢いのあるバカを相手にしたほうが楽しいからな。弱ってるヤツは、いたぶり甲斐がなくてつまらん」

「な……ッ！」

石原ではない。

この、傲慢な響きの低い声は……一之瀬かっ？

ギョッとした怜央は、膝を抱えて横たわっていたベッドから跳ねるような勢いで上半身を起こして、ベッドの端に腰かけて自分を見下ろしている人物を目にする。

「なんで……っ、あんたが。っ……最初っから、ずっと……」

あまりの衝撃に、うまく言葉が出てこない。

唖然としつつ、しどろもどろに石原でなかったのかと口にする怜央を、一之瀬は相変わらずなにを考えているのか読めない無表情で見返してくる。

「なにを指して、最初と言っているのかわからんが……おまえが自己嫌悪で死ぬとか言い出した時には、ここにいたな」

「さ、最初じゃんかっっ」

全部、アレもコレも……この男に聞かせてしまった？

カーッと首から上に血が上るのを感じて、足元でグシャグシャになっている掛け布団を引っ掴んだ。

その布団を頭から被り、ベッドの上で縮こまる。

「黙って聞いてんなよっ。性格悪い……っだよ、このサド！」

「ああ？　俺は一言もしゃべれとか言ってないのに、おまえが勝手にベラベラしゃべったんだろう」

「それはっ、石原先生だと思ってたから……で。あんただってわかってたら、一言も話さなかった」

「へぇ、石原先生だと思っていたら、ずいぶんと素直でカワイイんだなぁ？　ライオンじゃなく、丸きり子猫チャンだったぞ」

揶揄(やゆ)する調子で言いながら、布団の上からポンポンと背中を叩かれる。

恥ずかしい。みっともない。格好悪い……消えてなくなりたい！

軽く恐慌状態に陥った怜央は、石原だと思い込んでいた一之瀬に向かって自分がなにを口走ったのか確かめなければならないと、必死で記憶を遡った。

クラス長に不適格だろうと、烙印(らくいん)を押される……そんな泣き言は、格好悪いしみっともないのは確実だが、まだいい。

一番の問題は、最後のアレか？

一之瀬に背を向けられるのが、つらいだなんて……一番知られたくない本人に、もろに聞かせてしまった。

全部、なかったことにしてしまいたい。覆水盆に返らずという諺(ことわざ)を、我が身で思い知る羽目になるなんて……。

怜央が迂闊な発言を悔やんで硬直していると、性格のよろしくない一之瀬は、間違いなくわざと掘り起こして突きつけてくる。

「おまえがそんなに鞭でシバいてほしがってるなんて、知らなかったな。もっと早く言えよ。いくらでも好きなところを打ってやるぞ」

「だ、誰がシバかれたい……なんて。口が滑ったんだ。もしくは、あんたの空耳だろ。年寄りだからっ」

自分でもなにを言っているのかわからなくなってきた。もうメチャクチャだ。

そう自覚しているのに、沈黙が怖くて口を噤むことができない。

「だいたい、鞭が似合いすぎて怖いんだよっ。覇王とか魔王とか思ってたけど、青髭のほうがピッタリだろ」

「っく……本当に、おまえは愉快だな。吠えろ吠えろ。この際、溜め込んでたものを全部吐き出しちまえ」

「ッ……命令すんなって」

溜め込まずに、吐き出せ。

あれは……一ヵ月ほど前か。ここに来てすぐの頃にも、この場所で同じようなことを一之瀬に言われた。

そして、とんでもないからかい……いや、嫌がらせをされたのだ。

この男の指に翻弄されて、半べそで喘がされ……最後はあの大きな手に欲望を受け止められ……て。

「ッ！」

否応なくその際のシチュエーションを思い出してしまい、顔だけでなく身体中が熱くなってくる。

自分は、とことんバカではないだろうか。こんな状態で、わざわざあんなコトを思い出すなんて……。

全身を強張らせて縮こまっていると、なにかが布団の中に潜り込んできた。

「うわ！　つな……な、に」

布団に覆われているので、完全な手探りのはずだ。それなのに、恐ろしく的確に尻を鷲掴みにされて、比喩ではなく飛び上がった。

「あ……動いた。生きてたか。急に静かになったから、死んでるんじゃないかと心配になったたろう」

「嘘つけ。心配じゃなくて、あんたは嫌がらせしたいだけだ……ろっ」

言い返しながら、尻を摑んでいる無礼な手を振り払う。

ざわりと背筋を駆け上がった妙な感覚を必死で振り払い、布団を被ったままベッドの隅に身体を逃がした。

敵が見えないのは、怖い。でも、この……きっと真っ赤になっている顔を見られるのは、絶対に嫌だ。

葛藤に唸りながら、ほんの少し布団の端を捲り上げて一之瀬の様子を窺う。

「おい」

「ひゃっっ！」

突如、目の前に一之瀬の顔がアップで現れて、素っ頓狂な声を上げた。

心臓が飛び出すかと思った！

怜央の動きを読み、わざとそんなふうに顔を突きつけてきたに違いない。やっぱり性格が悪い。

「九割九分なんともないと思うが、興奮せず大人しくしてろよ」

「……あんたのせいだよ」

一之瀬が刺激するせいで、怜央がジタバタしているのだ。わかっていないはずがないのに、とんでもなく惚(とぼ)けた言葉に脱力してしまった。

「そうか？　そいつは悪かったな。残念ながら子守唄は歌えねぇが、寝付くまで手ぇ握っててやろうか」

ギュッと怜央の手を握り締めて低い含み笑いを漏らした一之瀬は、また自分をからかっている。

悔しくて握られた手を引き抜こうとしたのに、思いがけず強い力で指が絡みついていて離れていかない。

「一之瀬、手……っ」

「なぁ、おまえ……なんでここに来た？」

ふと、一之瀬が声のトーンを落として静かに尋ねてくる。ビクッと肩を震わせた怜央は、どう答えようか迷いながら口を開いた。

「自分の可能性を試したかったのと、限界を知るため……結果、誰かを護(まも)れたら一石二鳥って思って」

「バカか。面接用のお行儀のいい答えなんか、求めてねぇんだよ」

布団の上から頭を殴られて、「イテェ」と眉を顰めた。

突然そんなことを尋ねてくる一之瀬の真意が、読めない。だから、どう答えればいいのか迷う。

怜央の頭を何度か小突きながら、一之瀬が続けた。

「まぁ、動機なんてなんでもいい。ご立派な志を掲げても、年月の経過によって変わらずにいられるとは限らないしな。おまえが……ここでリタイヤするのが悔しいと思って、現状を変えるべきだと考えられる柔軟性があるなら、西岡たちもそれなりに返してくる。あいつらは単細胞な体育会系だ。おまえさえ歩み寄りの姿勢を見せれば、変に根に持つことなくケロリと笑って肩を組んでくるだろうよ」

これまで、孤立する怜央にアドバイスの類(たぐい)を寄越したことなど一度もなかったのに、どんな心境の変化だろう。

怜央は、一之瀬に握られたままの自分の手をジッと見下ろしながら、消え入りそうな声で言い返した。

「……おれは、あいつらと仲よしこよしとか……したいわけじゃない」

「おまえがそう言うなら、構わんが。現代っ子ってやつは、打たれ弱いからなぁ。衝突を回避する小手先の技ばっかり鍛えやがって、つまらん。一度でも、本気で他人とぶつかってみろ」

「現代っ子って……ジジイの説教かよ」

「可愛くねぇ！」

左手は怜央の右手を握り込んだまま、右手で頭を殴られる。そのままの勢いで頭を摑まれ、ベッドに押しつけられた。

「寝ちまえ。それとも、腕枕で寝かしつけてほしいか？　高くつくぞ」

ギッとベッドの脚が軋む音がして、目の前が暗くなる。

天井の照明を背にした一之瀬が、怜央に覆いかぶさる体勢で見下ろしてきていて……心臓が奇妙に鼓動を速くした。

「厄介な押し売りなんて、いらねーよっ」

狼狽えたことを悟られまいと、顔を背けて口にする。

ちくしょう、なんなんだこれ。

ドキドキ……動悸が激しくて、息苦しい。胸の内側から、力いっぱい叩かれているみたいだ。

「それならイイ子で寝てろ。うっかり寝ているあいだにアッチに行かないよう、見張っててやるから」

一之瀬はさり気なく言ったが、ものすごく怖い言葉を聞いたような気がする。

なんともないような口調で語られた物騒な言葉に、眉間に皺を刻んだ。

「石原先生ならともかく、あんたが見張ってても役に立たないだろ」

じわりと湧いた怯(おび)えや不安を隠したくて、憎まれ口を叩く。

怜央の頭を軽く叩いて覆いかぶさっていた身体を起こした一之瀬は、ふんと鼻で笑って『役に立たない』という一言を一蹴した。

「俺は、医師免許を持ってる。だから、石原先生が不在の時にここの管理を任されているんだろうが」

「え……」

医師免許を持っている?

聞き間違いかときょとんとした怜央に、一之瀬は表情を変えることなく言葉を続けた。

「石原先生は、会議への出席と休暇で、昨日から島を出てるぞ。そのあいだ、俺が白衣の天使だ」

「ず、図々しい。だいたい、天使って形容が恐ろしく似合わねーんだけど。魔物の間違いだろ」

他に選択肢がないここならともかく、こんな医者がいる病院のお世話にはなりたくない。

そうつぶやいた怜央に、「減らず口は健在か」と苦笑する。

「今のおまえには、睡眠が一番の薬だ。強制的に腕枕をするぞ」

「……やめろよ、気持ち悪い」

それだけ吐き捨てると、ギュッと瞼を閉じて身体を丸める。

手……が、握られたままだ。振り払うタイミングを逃してしまった。どうして、一之瀬は離さないのだろう。

首筋に触れられた時はひんやりとしていると感じたのに、今は怜央と同じぬくもりになっている。

こんなの、落ち着かない。寝られるわけがない。

ベッドの端に腰かけている一之瀬は……なにを考えて、どんな顔で自分を見ているのだろう。

そもそも見ていないのかもしれないけれど、目を開けて確かめられない。

誰かの体温を感じながら眠ることが、初めてなわけではない。だいたい、怜央がここに来ることになった元凶……父親が激高した一番の問題は、『不特定多数の女性と節操なく関係する生活態度』だったのだ。

その根性を鍛え直してもらえ、どうせ厳しい入所試験に受からないだろうがなと鼻で笑われて、売られた喧嘩を即座に買った。

合格通知を受け取って「やっぱりおれは優秀ってことだな」と勝ち誇る怜央に、当てが外れたという顔で父親が言い放ったのは……。

『入所試験をパスしたくらいで、偉そうに。一年耐えられたら、ランボルギーニでもクルーザーでも、プライベートジェットでも好きなものを買ってやる』

そんな、端から怜央が途中でギブアップするか定期試験で振り落とされると決めつけている台詞だった。

当然怜央は、「やってやる！　プライベートジェット、買わせてやるからな。忘れんなよ」と受けて立ったのだ。

今となっては……プライベートジェットが欲しいわけではない。でも、父親への意地だけで定期試験に落ちたくないと思っているのでもない。

一期目さえ無事に終われば、出て行ってやろうと……そんな決意も、揺らいでいる。

理由は？　自分でもよくわからない。

「静かになったな。……無事にお休みか？」

小さな声で一之瀬がつぶやくのが聞こえてきたが、なにも反応せずに息を潜める。

動かない怜央が、寝入ったと思ったのだろう。

握られていた手が解放されて、途端に寒くなったように感じて肩が震えそうになるのをギリギリで堪える。

発熱していないことを確かめるためか、一之瀬の指が首筋に触れ、ついでのように髪を軽く撫でて今度こそ離れていく。

あんな……優しいような触れ方をするなんて、反則だ。

胸の内側で荒れ狂う、意味のわからない動悸が鎮まらない。

父親曰く、『派手に遊び歩きおって。女なら誰でもいいのか』への回答。そんなふうに、いつか本気になれる相手が見つかるはずだと焦って、女性との関係を重ねずにいられなかった本当のワケ。

……誰と身体を重ねても、こんなものかとどこか冷めていた。

心が高揚することもなくて、恋とか愛なんて、この世に存在しないのではないかと思っていた。

一之瀬の手に触れられ……今まで知らなかった胸の苦しさ、感情の揺らぎや不可解な不安を引き出されたなど、認めたくない。

相手が一之瀬でなくても自分が『おかしく』なるのではないかと、本当は怖くて仕方なかった。そんな無意識の不安がつきまとって西岡たちともうまく距離感を掴めなかったなど、知られたくない。

結局怜央は、自分がどうなってしまうのかと恐慌を来し、必死になって周囲にバリケードを築き続けているのだ。

近くにある一之瀬の気配のせいで、落ち着かない気分にさせられるのに……いなくなられると、きっと物足りない。

どうして？　天敵が見えないと、不安だから……か？

薄く目を開くと、すぐ傍にある一之瀬の姿が見て取れ……気づかれないよう密(ひそ)やかに吐息をついて、再び瞼を閉じた。

気に食わない天敵なはずの男の気配は、怜央を安穏とした眠りへと導いてくれた。

《八》

翌日の夜。

経過観察を終えて問題なしと太鼓判を押された怜央が食堂に姿を見せた途端、ふっと喧騒が掻き消えて静かになった。

すぐに、何事もなかったかのようなざわめきが戻ったけれど、チラチラと視線が飛んでくるのはわかる。

他のクラスの連中にも、コトの一部始終は伝わっているのだろう。

「おれは珍獣かぁ？　……気になるなら、直に聞きに来いよ」

遠巻きにされている怜央は眉を顰めてつぶやき、ジロリと食堂内を見回す。怜央と視線が合わないよう、数人が露骨に顔を背けた。

フンと鼻で笑うと、わざと余裕を誇示した薄ら笑いを滲ませてカウンターに歩み寄った。

「おばちゃん、飯大盛りで。腹減った」

厨房で忙しく動き回っているのは、男女取り混ぜて三人の職員だ。そのうちの一人、母親より上の世代の女性は、入所当初から他の訓練生より小柄な怜央を不憫に思ってか、なにかと気にかけてくれる。

どうも怜央は母性本能をくすぐるらしく、子供の頃からこの世代の女性に受けがいいことは自覚している。

「羽柴くん、身体は大丈夫なのかい？　大変だったみたいだけど」

「へーき。おれ、運がいいんだよね」

心配そうに表情を曇らせて尋ねてきた彼女に笑って答えると、背後からボソボソと言い合う声が聞こえてきた。

「……グループのやつらに迷惑をかけておいて、『運がいい』かよ」

「いい気なもんだよな」

「羽柴はやっぱり羽柴、か。痛い目に遭っても、懲りねぇ……」

パッと振り返っても、誰の発言かわからない。

青クラスの連中だろうとは思うが……ひそひそ声で交わされた会話の主を特定するのは、困難だった。

「チューガクセーみたいな陰口が聞こえた気がするけど、気のせいだよな。心身ともに頑健で清廉な、精鋭揃（ぞろ）い……のはずだし」

養成所が掲げるモットーを、わざとらしく口にして捻っていた身体を戻した。山盛りの丼飯が載ったトレイを手に、空いているテーブルの端に着席する。

本当は、西岡や清水、嶋田には謝罪と礼を言わなければならないと、いくら怜央でもわかっている。

彼らに助けられたことは、確かなのだ。

ただ、ここでは……嫌だ。

居合わせた全員から好奇の目で見られることは確実で、娯楽に飢えたやつらにネタを提供してやる気など皆無だった。

自由時間の後……寮に戻ってから、でいいか。消灯寸前になれば、嫌でも四人が顔を合わせることになる。

誰にも話しかけられることなく、一人で黙々と目の前の夕食を終えた怜央は、勢いよく立ち上がって食器の返却口に向かった。

この後は、教官室で一之瀬以外の教官や所長との面談が待っている。面倒だが、嫌だと避けることはできないのだから仕方がない。

厄介ごとは、一つずつ順番に片づけるしかないか。

「おばちゃん、ごちそうさまでした！　チキンのトマト煮込み、美味(うま)かった！」

「美味しく食べられたなら、大丈夫そうだね。よかった」

そう言って手放しで笑ってくれた女性に、もう一度「ごちそうさま」と告げて早足で食堂を出た。

……疲れた。

ボイラーが止められる直前ということもあり、大きな浴場を独り占めできたのはありがたかったけれど、汚れと共に張りつめていた意気まで落としてしまったみたいだ。

でも、まだ……最後の大仕事が残っている。

意地を張り続けて刺々しい態度を取ってきた怜央にとって、同室者への謝罪と礼は容易ではない。

大袈裟かもしれないが、勇気を奮い立たせなければならない一大事だ。

自室でもある四人部屋の前で足を止めると、深呼吸を繰り返してドアノブを摑んだ。風呂へ行く前は不在だった三人も、この時間になれば戻っているはずだ。

ゆっくりとドアを開けた怜央は、足元に視線を落としたまま室内に足を踏み入れて後ろ手でドアを閉めた。

首にかけたタオルの端を握り、意を決してゆっくり顔を上げる。

「…………」

下段のベッドに腰かけて話していたらしい三人の目が、チラリと怜央に向けられた。西岡が目を逸らしたのを機に、一歩足を踏み出して口を開きかける。

「あの、さ」

「……医務室に住みつく気かと思ってたけど、オカエリか」

「ああ？　どういう意味だよ」

清水の言葉の意味がわからなくて、怪訝な声で聞き返す。

明確な意味は汲み取れなくても、言葉の響きから嫌味と皮肉をぶつけられたのだとは感じた。

やつらと顔を合わせたら、一番に謝罪と礼だ……と気負っていたのに、気勢を殺がれてしまった。

「だってさ、おまえしょっちゅう夜中に抜け出して、医務室通いしてるだろ」

「なに決めつけてんだよ」

「すっ恍けんな、見苦しい。消毒薬の匂いをさせて戻ってくるから、バレバレなんだよ。なぁ？」

清水が同意を求めた嶋田と西岡は、ほんの少し首を上下させた。

自分では、気づかれないようコッソリ抜け出しているつもりだったが、彼らには行き先まで知られていたらしい。

「だったら、なんだ？　おまえら……誰か知らねぇけど、寝言やイビキがうるせぇから耳障りで寝られない時に、避難してるだけだ」

寮の部屋を抜け出す理由をそう口にした怜央に、清水は「ふーん？」と、ジメッとした嫌な笑みを浮かべた。

「んだよ。気持ち悪(わり)いな。ハッキリ言えば？」

さっきから、なんなんだ。

怜央は、自分が回りくどい言動を取れないせいか、他人のこういう態度が気持ち悪くて仕方がない。

「……石原先生とよろしくやってんじゃないのか、って噂(うわさ)だけど。他のヤツらは大した用もなく医務室に行けば追い返されるのに、おまえは例外みたいだし。おまえと石原先生だと、百合(ゆり)の世界だよなぁ」

あからさまに侮辱されて、カーッと首から上に血が上る。自慢にならないが、もともと寛大な性格ではない。

憤りに背を押されるまま清水に詰め寄って、両手で襟首を摑んだ。

「なんだと？　もう一回言ってみろ」

「聞こえなかったか？　レオちゃんは、医務室で石原先生とレズっててんじゃないの？　って言ったんだけど」

「ッ……ふざけんなっ！」

激高した怜央は、頭の中が真っ白になって後先を考えず右腕を振り上げた。殴りつけてやろうとしたのに、ギリギリのところで背後から誰かに腕を摑んで制される。

「落ち着け、羽柴！　わかりやすい挑発に素直に乗るなよ、単純バカ」

そう言いながら西岡に羽交い絞めにされて、身動きができなくなった。

……怪力め。逃れようと暴れても、ビクともしない。

「離せよ、西岡っ。コイツ、おれだけじゃなくて、石原先生まで馬鹿にしやがって！」

「ほーら、やっぱ石原先生のことになったらムキになるんだ。さっきは、食堂で取り澄ました顔してたくせに。俺ら……西岡に、礼の一言もないのか？　助けてくれてありがとうございました、ってさ」

形勢逆転とばかりに、立ち上がった清水に襟元を摑み上げられる。

腕がダメなら脚があると、蹴りつけようとした動きを読まれていたのか、膝のあたりを嶋田に押さえられた。

「くそ、離しやがれ！」

「自力で逃げてみろ」

「数で負けてんだから、動けるかよ。卑怯者！」

悔しいが、体格差は如何ともしがたい。

特に、こうなれば……一対三だ。絶対的に怜央に不利で、それでも怯む姿を見せるのはごめんだった。

「おまえらが……西岡が勝手にやったことだろ！　おれは、助けてくれなんて一言も頼んでねーし」

つい数分前までは、きちんと謝って……礼を告げようと決めていた。

こんなふうに、売り言葉に買い言葉で心にもない最低な台詞をぶつけるつもりなどなかったのに、引っ込みがつかなくなってしまった。

睨みつける怜央を前にして、清水が顔を歪(ゆが)ませる。

「なんだと、コイツ……聞いただろ、西岡。山の中に放っておけばよかったんだ！　泣いて、ゴメンナサイって縋るまでさ」

「誰が……死んでもゴメンだね」

腕も脚も押さえられているのだから、これしかない。

後先を考えることなく、目の前にある清水の顎へ意図的に頭をぶつけた。当然、自分の頭も痛かったけれど、清水はもっとダメージを負ったに違いない。

「痛ぇな！　この野郎……絶対、泣きながら謝らせてやる」

「っっ！」

顔つきが変わり、唸るようにそう言って……とんでもない力と強引さで怜央の身体を西岡から引き剝(は)がし、床に蹴り倒した。

申し訳程度に敷かれた薄い絨毯の下はコンクリートで、身体を打ちつけた衝撃にグッと息が止まる。

「おい、清水」

「止めんなよ。おまえらだって、もうコイツの態度を許せないだろ。羽柴、謝るなら今が最後のチャンスだ」

体勢的にも人数的にも上にいる清水は、床に座り込んでいる怜央を見下ろして優越感たっぷりの薄ら笑いを浮かべた。

「……同じことを何回も言わせんなよ。ついさっきの言葉を、もう忘れたのか？　記憶力っつーか、頭が悪いな。……死んでも、ゴメンだ」

「こ……のヤロ……」

最後のほうはわざとスピードを落として、じっくりと言い聞かせてやる。

挑発に乗る愚かな行為だと頭の隅ではわかっていたが、もう引き返せなかった。

「っ！」

清水は喉の奥で低く唸ると、怜央の横っ面に手を振り下ろし、髪を摑んで見下ろしてくる。

左頰に受けた衝撃に、クラリと眩暈に襲われた。口の中に錆っぽい味が広がるのは、自分の歯で頰の内側を切ったせいかもしれない。

「…………」

険しい目で見据えてくる清水に気圧されることなく、怜央も無言で真っ直ぐに清水を睨み返した。

一歩も引かないという怜央の決意は、その目に表れているはずだ。清水は忌々しそうに舌打ちをし、怜央の髪を掴む手に力を込めた。

「生意気な目、しやがって。王子様は、プライドにかけて負けを認めません……ってか？　どこまでそうやってられるか、見ものだな」

「ふん、頭の悪い野蛮人は、論で勝つ自信がないから腕力に物を言わせるしかないんだな。猿のほうが賢いんじゃねーの」

「……おまえ、本気で自分の立場がわかってねぇだろ。逃げられると思ってるなら、オメデタイな。それとも、大声で『誰か助けてー！』とかって叫んでみるか？」

「やっぱ、考えが浅いな。その程度の嫌味しか出てこないのか。猿以下の単細胞生物」

「この……っ」

今度は右の頬に張り手が飛んできて、軽く頭を振ってダメージの軽減を図る。そう何度も大人しく殴られてやるつもりはない。

そうして顔を動かしたことで、自分たちの脇に立っている西岡の脚が視界に映った。

「おまえら、いい加減にしろよ」

怜央が、わざと清水の神経を逆撫でする台詞を選んでいると、西岡はわかっているかもしれない。

目が合った西岡は、苦い表情で清水に組み敷かれている怜央を見下ろしていた。

怜央に助けの手を差し伸べる気はないが、積極的に清水に加担する気もないようだ。

「西岡、黙って見てないでおまえもなんか言え。アイツは生意気だとか、泣かしてやりてーとか、いつも文句言ってるだろ」

「ああ？　そりゃ、俺も羽柴は泣かしてやりたいと思ってたけど、やり方がさぁ……」

「なにブツブツ言ってんだよ。おい、嶋田。あれ持ってこいよ。顔を殴るより、見えないところを痛めつけたほうがいい」

怜央の肩を押さえつけた清水が、振り向いて嶋田に話しかける。

とことん卑劣な台詞に眉を顰めていた怜央は、嶋田が清水に手渡した黒い棒状のものに目を見開いた。

「……なにを……っ、そ……れ」

「嶋田、コイツの手を押さえてろ」

驚いた怜央が一瞬全身の力を抜いたところで、両手を頭上に押しつけられる。

清水は怜央の腿（もも）のあたりに乗り上がり、下半身を動かせないよう自らを重石（おもし）にして、見下ろしてきた。

「おまえ、しょっちゅうコレで打たれてるだろ。余程好きなんだろうなー……と思って、備品室から持ってきてやったんだよ」

「バカだろ、おまえ！　こんなことして、一之瀬教官が黙ってるわけが……」

「俺が持ち出しました、なんてバカ正直に言うワケないだろ。コイツを盗み出したのは、おまえだよ。やりそうなことだって、教官も信じるだろうなぁ」

「ッ……」

憤りのあまり言葉を失っていると、硬い先端部分でスッと首筋を撫でられる。冷たいものを肌に感じ、ゾクッと背筋を震わせた。

怜央がわずかながら怯んだと感じたのか、今度は鞭の先を引っかけるようにしてTシャツの裾を捲り上げられる。

パジャマ代わりの、ゆったりとしたTシャツを着ていることが仇になった。胸元まで捲り上げられ、脇腹を軽く鞭で打たれる。

「細ぇ……貧相な身体だな。なんだ、急に大人しくなったじゃんか。やっぱ、コレに調教されちゃってんの？」

「ッ嬉しそ……な顔、してんじゃねぇ。このヘンタイ！」

「コイツを見ただけで態度を変える、おまえに言われてもなぁ」

自分は……どんな目をしている？

わからない。

ただ……体重をかけて圧し掛かられるよりも殴られるよりも、怜央から動く気分を殺いだことだけは確かだった。

いつもは一之瀬の手にある、コレが……素肌を撫で、ヒュッと空気を切る音と共に脇腹あたりを打ちつけてくる。

「っい……ッ、て」

服越しではなく、直に肌に振り下ろされるのは初めてで、比較にならない痛みにビクッと身体を震わせた。

今度は、胸元。腹のあたりも。

立て続けに襲ってくる鋭い痛みと共に、ジンと痺れるような奇妙な感覚が波紋のように広がっていく。

「ふ……っ。ぃ……ッッ！」

大人しくされるがままになど、なってやるものかと……頭ではそう考えているのに、身体が動かない。

抑えようもなく激しさを増す心臓の鼓動だけが、ドクドク耳の奥で響いている。

目の前にある一之瀬の鞭から伸びる、目には見えないロープで雁字搦め（がんじがら）にされているみたいだ。

「顔、背けて黙りこくって……泣いてんじゃねーの？　西岡、確かめろよ」

清水に促された西岡の手が、怜央の前髪を摑んで背けていた顔を戻される。顔を露(あらわ)にさせられ、精いっぱいの抵抗とばかりに覗き込んでくる西岡を睨みつけた。

「…………」

西岡は、無言で怜央を見下ろしてくる。

ほんの少し喉が動いたのはわかったが、西岡の口から言葉は出なかった。

「西、岡……」

こいつなら、清水と嶋田のバカなことを止められるはずだ。そう思い、なんとか喉の奥から声を絞り出す。

その視界に、清水と嶋田の顔も映り込み……何故(なぜ)か、西岡と同じく無言で怜央を凝視してくる。

なんだ。空気の質が、変わった……？　こちらを見ている三人は、一言も口を開かず怜央を押さえつける手の力が増してくる。

ザワリと、言葉では形容できない悪寒に似たものが背筋を駆け抜けた。沈黙が不気味で、震えそうになる唇を開く。

「なん……だよ、おまえら」

同性に、こんな目で見られたことは今まで一度もない。

この類の危機感に襲われたのは初めてだが、こいつらの目的が怜央を痛めつけてやろうというものだけではなくなったことを、本能的に察知する。

怜央の声に、わずかながら怯えに似たものが混じっていることに気づいたのか、清水が唇を歪ませて手を伸ばしてきた。

その手が頬に触れる……直前、「嫌だ！」と激しい拒絶感が湧き上がった。

「ッ、黙ってんなよっ。やめろって！」

声を発したことで、幸いにも身体の硬直が解けた。チャンスとばかりに、拘束を振り解こうと手足をバタつかせる。

突如、全身で抵抗を示し出した怜央に、惚けたようになっていた三人も我に返ったようだ。

「もっと力を入れて押さえろっ、嶋田！」

「やってるよっ。おまえだってボケッとしてただろ！」

「ちょ……おまえら、なにする気だ？」

「コイツが誘ってんだよ。西岡だって、グラついただろ」

「バ、バカ、俺は……っ」

三人が言い合っている隙に清水の手から鞭を取り上げることに成功して、力いっぱい放り投げた。

硬い柄の部分がドアに当たったらしく、ガンッと派手な音が響く。数秒の間があり、鍵のない扉が廊下側から開かれた。

「……おい、おまえら消灯時間は過ぎてんぞ。なに遊んでやがる！」

この声は……篠原教官か。消灯後に棟内を巡回していて、この部屋の騒ぎに気づいたのだろう。

第三者の登場に水を差されたのか、怜央を押さえつけている三人の動きがピタリと止まった。

怜央も、三人も……篠原もなにも言わず、奇妙な沈黙が流れる。

一番に口を開いたのは、当事者ではない篠原だった。

「……三対一か。なにやってんだ？」

静かな声で、誰にともなく尋ねてくる。見れば大体の状況は察せられるはずだが、自らの言葉で説明させようとしているのだ。

怜央だけでなく、三人も一言も発することなく視線を泳がせる。

「黙ってないで、なんとか言いやがれ！」

空気を震わせるような怒声に、怜央に乗り上がって硬直していた清水がビクリと身体を震わせた。

床に転がったままぼんやり戸口を見ていた怜央の視界に、篠原とは別の大きなシューズが入り込んでくる。

この、靴……紺色の靴紐には見覚えがある。

「篠原教官。青の連中がバカ騒ぎしているそうで……」

抑揚のあまりない一之瀬の声に、弾かれたように清水が怜央の上から飛び退いた。

怜央の目に、屈んだ一之瀬の手が映り……ドアの脇に落ちている鞭を拾い上げたのが見て取れる。

「……愉快なコミュニケーションを取っているところを邪魔して悪いが、休戦だ。説明、してもらおうか?」

淡々とした静かな低い声は、篠原の怒声よりも威圧感を含んだもので……室内の空気に緊張が走る。

清水という重石のなくなった怜央は、床に視線を落としたままゆっくりと身体を起こし、胸元まで捲り上げられていたTシャツを緩慢な動作で整えた。

《九》

寮の部屋に三人と篠原を残し、一之瀬に連れられた怜央はつい数時間前までいた医務室に戻った。

「そこ、座れ」

消毒薬などが収められているワゴンの前にある。小さな丸イスを指差される。素直に腰を下ろした怜央の前に、一之瀬も腰をかけた。

「唇の端が切れてるな。口の中は？」

「……ちょっとだけ」

「二、三日は柑橘類や刺激物を食うなよ。沁みるぞ」

顎の下に指を差し込まれ、顔を上げろと促される。一之瀬と目を合わせることがないよう、微妙に視線を逃がして上を向いた。

消毒薬を染み込ませてある冷たい脱脂綿を容赦なく唇の端に押しつけられ、ピリッと走る痛みに眉を顰める。

「他は？」

顎のところにある指が離され、ホッとして顔をうつむけた。一之瀬の質問に、ボソボソと小声で答える。

「別に……どこも」

ヨレヨレになったTシャツの裾を、強く手の中に握り込む。

脇腹や胸元……素肌を鞭で打ちつけられた部分にはヒリヒリとした痛みが残っているが、放っておいてもそのうち消える。

そう思っていたのに、一之瀬は無言で怜央の手ごとTシャツを摑んで、乱雑な仕草で大きく捲り上げた。

「ゃ、やめろよっ」

咄嗟に逃げかけた怜央の言葉を完全に無視して、指先で肌に触れてくる。

それは、人差し指一本なのに……少し冷たい一之瀬の指は、異様なほどの存在感があった。

「ミミズ脹(ば)れを作っておいて、別に……か。くだらんやせ我慢をしてんじゃねぇ」

「ッ！」

疼痛の余韻が残る部分を容赦なく爪の先で弾かれて、ビクンと肩を震わせる。

誰のせいだ、と一之瀬を睨みつけた。

「そんなふうにされたら、痛くて当然だろ！　あんたに触られなかったら、どうともなかったんだ」

文句を口にした怜央と視線を絡ませた一之瀬は、予想外なことにクスリと唇を緩ませる。

笑いながらなにを言うかと思えば、

「そうそう、噛みついてこい。大人しいおまえは、不気味だ」

そんな言葉だ。

わかりやすく挑発している一之瀬の思惑に、まんまと乗ってしまったらしい。ムッと唇を引き結んだ怜央は、気まずい思いで目を逸らした。

「俺の愛用品と知りながら無断で持ち出したあいつらには、後でお仕置きをするとして……なにがどうなって、三対一で暴れるハメになった？　どうせ、おまえが無駄に挑発してあいつらの神経を逆撫でしたんだろうが……」

「……知らねぇ」

笑いを収めて尋ねてきた一之瀬に、ボソッと短く言い返す。

だいたい、聞かずとも結論が出ているではないか。悔しいが、一之瀬の言葉が的を射ている。

「じゃあ、こうして素肌に鞭の痕をつけることになった理由は？　単純なリンチって雰囲気じゃないよなぁ。あっちの意味で、仲良くなろうとしたわけじゃないだろう」

「あいつらに聞けば？」

なにがどうなったかなど、怜央こそ知りたい。最初はあいつらも、『単純なリンチ』を目(もく)

論んでいただけのはずだ。

　空気が妙なものに変わったのは、一之瀬の鞭を取り出したところから……で。一番に異質な目をしたのは……自分だった？

　違う。そんなの、あり得ない。

　鞭の先端で素肌を撫でられた際の奇妙な感覚がよみがえりそうになり、強く奥歯を噛み締めてチラリと湧いた考えを振り払った。

「傷になって血が滲んでるところだけ、消毒しておくか」

　怜央に話しかけるというより、独り言の調子でそう言って冷たい脱脂綿を脇腹に押しつけられた。

　一之瀬の指が、肌をかすめ……グッと膝の上で拳を握る。

　本当は、目を逸らそうとしても怜央にはわかっていた。空気の質が変わることになったきっかけが、どこにあるのか……。

　清水が言うように、怜央が誘ったわけではない。けれど、彼らが自分を見る目を変える原因を作ったことは否定できない。

　あの鞭を目にして、素肌を撫でられ……一之瀬を連想したことで、身体が動かなくなったのだ。

　自分でも知らなかった深淵に沈めている感情を、否応なく呼び覚まされてしまった。

揶揄されたように、『鞭』で調教されたわけではない。あれが一之瀬のものでなければ……一之瀬が手にしている場面を思い起こさなければ、無反応を貫き通せたはずだ。

全部、源にあるのは『一之瀬』で……この男に関することは、なにもかも無視することができない。

こんなふうに自覚するなど、馬鹿ではないだろうか。

いっそ、とことん鈍感でいたかった。

どこにもやり場のない感情なんか、気づかずにいたかった。

そうして、一之瀬を特別だと……これまで目を逸らし続けていた真実を否応なく認識させられた。

怜央が混乱と自己嫌悪を噛み締めていると、一之瀬の手が脇腹を軽く叩いてきた。

「羽柴？　変に大人しくなってんなよ。アイツらに押さえつけられて……その気になったか？　若さと欲求不満のせいで、興奮の種類を勘違いしたんだろ。誰が相手でもその気になるってあたりは、褒められたものじゃないが」

揶揄を含んだ声で言いながら、胸元まで撫で上げられて……怜央の中で張りつめていたなにかが、プツンと切れた。

「……んたの、せいだ」

「ああ？　なんだって？」

「あんたのせいだって、言ったんだよ！　おれが、あいつらを変に挑発するはめになったのも、いつもあんたが鞭を振るってくるからだ！」

胸の内側でグルグルと渦巻いていたものを一言零してしまうと、堰を切ったように次から次へと溢れ出してしまう。

「あんたの指に触られてるみたいで……アレで服の上からじゃなくて直で肌を撫でられたら、動けなくなったんだよっっ」

自分がなにを口走っているのか、もうわからない。

激流に乗せて一気に吐き出し、ゼイゼイと肩で息をつく。

静かだ。怜央が口にした言葉に驚いているのか、一之瀬はなにも言わない。

「もっ……わけ、わかんね。なんだよ、おれ……っ。こんなの、ヤダ。あんたのせいで、自分が怖……っい、よ」

情けない泣き言を零し、震える息を吐いた。

ズッと鼻を啜って脇腹のところにある一之瀬の手を振り払い、捲り上げられていたTシャツを下ろす。

これで終わりだ。

どうせ、これだけ次から次へと問題を起こしたのだから、定期試験を待つことなくクビを言い渡される。

家に帰って日常に戻り、ここでの日々は、変な夢でも見たのだと……忘れてしまおう。

忘れ……られるのだろうか？

唇を噛んで膝を睨みつけていると、不意に視界が暗く翳った。

なに？　まさかこれは、一之瀬の両腕の中に……抱き込まれている？

目を瞠って硬直していた怜央だったが、状況を理解した瞬間、呆然としている場合ではないと身体を震わせた。

「や、なん……だよっ。離せ、バカ！」

必死で一之瀬の腕の中から逃れようとしたのに、強く抱き込まれていて抜け出すことができない。

なんで……どうして、こんなふうに抱き込んだりするのだろう。

一之瀬に向ける想いが所謂『恋』ではないかと自覚したばかりの怜央には、嫌がらせにしても悪質すぎる。

「あいつらに押さえつけられた感触を、上書きしてやるんだよ。大人しく抱かれてろ」

「な……んだ、それ」

頭の脇で聞こえた一之瀬の言葉に、ビクリと動きを止めた。

どういう意味だ？　まるで、あいつらに押さえつけられて触られたことが、気に食わないと独占欲を見せているみたいだ。

怜央が身動ぎすることをやめても、一之瀬は腕の力を抜かない。

密着した胸元からは、ドクドクと忙しない動悸が伝わってくる。それともこれは、怜央自身の脈動だろうか。

「チッ……なんだよ、おまえ。俺以外に触らせたくないなんて、こんな……イラつくのは、初めてだ。あいつら、崖上から海に蹴り落としてやろうか」

「……どういう、意味」

「さぁな。自分で考えろ」

低い声からは、不本意だと伝わってくる。でも、その声だけでは、うまく読み解くことができない。

顔を上げて一之瀬の表情を確かめようとしても、頭を強く抱き込まれて身動きが取れなかった。

「ヤダ、は……離せよ。おれ、こんなふうにあんたに触られたら、どんどんおかしくなる。認めたくなんかないのに、あんたが特別で……こうやってされるのを嬉しがってるって、思い知らされる。あんたみたいなサド男を好きだなんて、怖いだろっ」

一之瀬の着ているTシャツの脇のところを両手で握り締めて、中途半端に情けない姿を見せるのなら全部壊してしまえとばかりに、半べそで吐き出した。

もうメチャクチャだ。

一之瀬も、絶対に呆れている。

あの綺麗な瞳に、揶揄する色を滲ませて「なに言ってんだ、バカだろ」と突き放されるに違いない。

でも……この際、止めを刺されてしまったほうがスッキリするだろうと、息を詰めて一之瀬の反応を待つ。

沈黙に息苦しさの限界を感じ始めた頃、一之瀬が大きく息をつくのがわかって肩を震わせた。

頭のすぐ傍で、苦いものを含んだ低い声が聞こえる。

「一人で暴走するな。愉快だから。……逃げるばかりのビビりかと思えば、変なところで開き直りやがって。あっさり音を上げるだろうと考えていたら、変に打たれ強くて度を超えた意地っ張り。カワイクねぇ捻くれ者かと思えば、妙なところで素直で……いろいろと予想外だよな、おまえ」

「…………」

一之瀬は、なにを言おうとしている？

心臓の鼓動が激しすぎて、うるさい。息苦しいくらい、ドキドキしている。

続く言葉を待って耳に神経を集中させていると、大きな手がグシャグシャと髪を撫で回してきた。

「おまえみたいなバカは、初めてだ。とんでもなく厄介だよ。だから……目が離せなくなるんだ。俺も、あいつらを笑えないバカだな。退屈しのぎにイジメテやるつもりが、なんて様(ざま)だ」

ポン、と。

軽く頭を叩いた手が、離れていく。ようやく顔を上げることができるようになり、ゆっくりと視線を移した。

「一之瀬……」

怜央と視線を絡ませないように意図してか、顔を背けている。

ただひたすら端整な横顔をジッと見詰めていると、根負けしたのかため息を零してこちらを向いた。

「おれ、のことどう……っ」

一之瀬の言葉を聞いていると、自分に都合のいいところにしか辿(たど)り着かない。

でも、本人の口からきちんと確かめたい。

そう思って尋ねようとした言葉が、途中で遮られた。

怜央の言葉を封じたのは、一之瀬の唇で……ぬくもりにその正体を悟ったと同時に、スッと離れていってしまう。

薄茶に翠(みどり)がかった不思議な色合いの瞳でこちらを見下ろす一之瀬は、怜央の唇を親指の腹でそっと撫でて、唇の端をほんの少し吊り上げた。

「……おまえがどんな結論を出しても否定しないから、好きなように考えろ」

「なんだよ、それっ！　ズルい……ッ！」

あまりにも卑怯だと非難しようとしたのに、再び口づけで遮られる。

今度は触れるだけでなくて、唇の合わせから濡れた舌先が潜り込んでくる。

歯列を掻き分けて怜央の舌に絡みつき、口腔の粘膜をじっくりと辿り……現実を知らしめるかのような濃密なキスに、ゾクゾクと背筋を震わせた。

「ッ、ン……ン」

息が、苦しい。顔だけでなく、身体中が熱くて……怜央の理性を焼き尽くそうとしているみたいだ。

指先を動かすこともできなくなるまで翻弄され、ようやく解放された時には頭の中が真っ白になっていた。

「はっ……ぁ」

「おっと。落ちて頭を打ったら、バカになるぞ。……デキのいい脳みそが、唯一の取り得なのに」

全身の力が抜けてイスから滑り落ちそうになってしまい、一之瀬に抱き止められる。

わざわざ嫌味な言葉をつけ足されて、一之瀬を睨みつけた。

「っく……目をうるうるさせてるくせに、睨みつける余力があるのか。本当におまえは、カワイーよ」

苦笑した一之瀬が親指で怜央の目尻を拭い、端整な顔を寄せてくる。

嫌だと、逃げてやろうか。

怜央が、自分を受け入れると決めてかかっているこの傲慢な男を、拒否したら……どんな顔をするか。

そう頭では反抗を企てていたのに、髪に触れている手が予想外に優しくて……動けなかった。


「こ、ここで……やる気、か」

怜央は白いシーツが敷かれたベッドに転がされて、視線を泳がせながらしどろもどろに口にした。

簡素なパイプベッドは一之瀬が膝を乗り上げると、ギッと軋んだ音を立てる。

「ここ以外だと、俺の部屋だな。でもおまえ、歩けないだろ」

意地の悪い声と表情でそう言った一之瀬は、歩けない状態を思い知らせるように怜央の脚のあいだに手を押しつけてきた。

「っ、誰のせ……だ」

「俺だな。だから、責任を取って最後まで面倒見てやるって」

優しいなんて、一瞬でも感じたのは気の迷いだった。やはりこの男は、嫌がらせをして楽しむサドだ。

反論の叶わない悔しさに、ふいっと顔を背ける。

そうして怜央が抗わないのをいいことに、一之瀬の手がTシャツを捲り上げてハーフパンツを引き下ろし……恐ろしく手際よく服を剝ぎ取っていく。

「おれだけ、脱がせんな。あんたも脱げよっ」

自分だけ無防備な状態にされることに心許ない気分になり、手を伸ばして一之瀬のTシャツを引っ張り上げた。

「そりゃ、構わんが」

怜央を全裸にした一之瀬は、膝立ち状態で上半身を起こしてTシャツを脱ぎ捨てる。

服の上から予想していたよりも引き締まった筋肉に覆われた身体が露になり、ムッと眉間に縦皺を刻む。

ちくしょう、いいカラダしやがって。

肩や胸板の厚さも自分とは比べ物にならないが、明らかに骨格からして違うので張り合う気さえ失せる。

「おい、これからやろうって相手の身体を見て、そんな嫌そうな顔をするなよ」

「や、やるとか言うな。デリカシーがない」

「おまえが先に、ここでやる気かって言い出したんじゃねーか。ったく、照れ隠しにしても、もっと可愛げのある態度を取れないのか」

可愛げがないという一言が、胸の奥にチクリと刺さる。

そうして、何気ない言葉に引っ掻かれたことを悟られないよう、一之瀬から顔を背けて言い返した。

「気に入らないなら、無理に相手してくれなくても……」

「逆。どうあっても、カワイく泣かしてやりたくなるって言ってるんだ。おまえのそれは、俺を誘ってんのと同じだからな」

「捻くれ者……っ」

「お互い様じゃねーの?」

言葉の応酬はヤメだとばかりに、肩を押さえられて唇を塞がれる。

さっき、清水たちに押さえつけられた時とはまるで違う。肩に食い込む一之瀬の指が熱くて、言葉ほど余裕がないのだと伝わってくる。

この男が、自分を前にして平静ではいられなくなっているのだと体感したことで、ますます身体が熱を帯びた。

キスを解いた一之瀬は、口づけを首筋から鎖骨あたり……胸元にまで移動させる。鞭で打たれたところを舌先で辿られた途端、ピリッとした痛みが走った。

「ぁ……ッ、んんっ……ぅ、ぁ！」

痛い、のに……ジンジンと痺れるような熱が湧き起こる。

胸に……脇腹に、と。執拗に鞭の痕ばかりを狙って舌を這わされ、ビクビクと身体を震わせた。

「い……てぇ、って」

「痛い？　でも、嫌じゃないんだよな。こんなに勃たせておいて、嫌がってるとは言えねぇだろ」

痛いという怜央に、それが嫌ではないと断言した根拠を、手の中に包み込む。

熱を帯びた屹立に長い指が絡み、グッと喉を反らした。

「あ、あ……ッ、や……触、なっ！」

「おまえは天の邪鬼だから、触れってことだな。証拠に……溢れてきた」

「違っ、く……ぅ、ぁ」

違うと首を振った怜央に、事実を思い知らせようとしているのだろう。一之瀬が指を動かすたびに、濡れた音が聞こえてくる。

そうしながら脇腹の傷をつつかれると、痛みと快楽が入り混じって怜央を深い混乱に突き落とした。

「素直に認めろよ。そうしたら……もっと、よくなる」

「い、やだ。も……う、こんな……わかんな、……ッ」

自分がどうなってしまうのか、予想がつかなくて怖い。

でも、今ここで一之瀬に突き放されてしまうと、もっとどうにかなりそうだ。

反発と一之瀬を求める思いが複雑に交錯して、怜央から理性を削ぎ落としていく。

「一之瀬……っ、い、ち……ッ」

ここから救ってくれるのは、元凶でもあるこの男だけだ。

そんな思いのまま、両手を伸ばして広い背中に縋りついた。

「つふ、おまえは……本当にカワイーよ」

「……え？」

「我に返らなくていい。おまえがどうなっても俺は手を離さないから、好きなだけ泣いて虚勢なんか捨てちまえ」

「あ……ア、っ……！」

強い力で膝を摑まれて、左右に割り開かれる。

その奥に滑り込み、後孔に押しつけられた指が躊躇う気配もなく突き入れられて、一之瀬の肩に置いた手に力を込めた。

「イ……ッ」

これまで体感したことのない種類の痛みに、眉を顰めた。

こんなの、知らない。怖い。

……でも、疼くような痛みの奥に潜むものは……なんだろう？

混乱する怜央に、一之瀬が低く告げてくる。

「痛いくらいがいいんだろ。認めろよ」

そう言いながら、指を増やして深く埋めてきた。

かすかな疼痛が、確かな異物感と痛みに変わる。心臓の鼓動に呼応するかのように、ズクズクと疼き……一之瀬の指がそこにあるのだと、思い知らされる。

「ッ……い、てぇ……ッて」

「いい、ってことだな。なぁ？」

「あ、あ……っ！」

クッと低く笑った一之瀬が挿入している指を抜き差しして、怜央を狼狽えさせている指の存在を誇示する。

「身体のほうが素直だな。俺の指、離したくないって締めつけてくるんだが」

「や、い……っ、動か……っな」

言葉は、決して優しいものではない。

それなのに、触れてくる指からは必要以上の苦痛を与えないようにという気遣いが伝わってきて……鼻の奥がツンと痛くなる。

「も、いい。指っ……嫌、だ」

こんなふうに自分だけ翻弄されるのが、耐えがたい。一之瀬自身も、乱れた姿を見せやがれ。

そう頭に浮かんだことを、吐息の合間に訴える。

「……自分が、いいって言ったんだ。痛いとか、後で文句言うなよ」

「言わね……ッ、ぁ……あっっ」

言葉が終わる前に指を引き抜かれて、これまでとは比較にならない熱塊を押し当てられる。

スッと息を吸い込んだところで、じわりと先端を埋めてきた。

「おい、息……止めるな。おまえが固くなったら、こっちも痛ぇよ」

「わ、かって……っよ。ぁ、ア！」

優しい言葉で宥めるより、そういう言い方をしたほうが効果的だと……怜央が言い返さずにいられないと、読まれていたに違いない。

声を発したことで、余計な力が抜ける。

「はっ、ぁ……ゃ、ゃあ……まだ、ぁ……深、ぃ」

「ン……もう少、し」

その隙を見計らっていたらしい一之瀬が身体を押し進めてきて、圧迫感が増す。

熱い。熱くて……同じ欲望を抱えているのだと、身体中で感じる。

身体の中いっぱいに一之瀬の熱で覆い尽くされるのは、これまで抱き合った誰からも受けたことのない快楽だった。

誰と抱き合っても、心まで満たされたことがなかったのだと……一之瀬に否応なく思い知らされる。

「ッ、ァ……っ、ぅ……ん」

「声、抑えるな。全部……なにもかも、俺に曝(さら)け出せ」

「っあ！　あ、あ……ぁっっ」

暴いてやるとばかりに身体を揺すり上げられて、噛み殺せなくなった声を零した。

絶え間なく押し寄せる過ぎた快楽に惑溺するばかりで、思考が遠のいて霞(かす)む。唯一、怜央に残ったのは……。

「一之瀬、好き……みたいだ」

そんな、シンプルな想いだった。

ふと動きを止めた一之瀬が、熱っぽく潤んだ瞳で怜央を見下ろす。

淡い茶色に翠の混じった瞳が、興奮のせいか色を増しているみたいだ。熱に浮かされた時はこんな目をするのだと、初めて知った。

瞬きをした弾みに目尻を伝った怜央の涙を舐め取り、甘く掠(かす)れた声で言い返してくる。

「……みたい、ってなんだよ」

不満だと言わんばかりの声でそうつぶやいて、怜央の身体を抱く腕の力を強くした。自分は、一言も怜央にくれないくせに。

《十》

「おい、羽柴」

「ん……」

名前を呼びながら軽く頬を叩かれる感触に、怜央は重い瞼を押し開いた。その目に、こちらを覗き込む一之瀬の顔が映る。

「バテてるか、若者？　おまえは、もっと体力をつけろよ」

からかいを含んだ声は、すっかり平静さを取り戻していた。

見下ろす瞳も見慣れたもので、怜央を焼き尽くそうとするかのような熱を帯びていたのが嘘のようだ。

「って……ねぇ。喉、痛い……だけで」

自分だけ熱っぽさを引きずっていると思われるのが悔しくて、声が掠れているのは渇きのせいだと虚勢を張る。

本当は、身体のあちこちに余韻が漂っている。うっかり触れられると、間違いなく容易に再燃してしまう。

「あんだけ喘いでたら、喉も痛いだろ。ほら、水飲んでおけ」

クスリと笑いながらミネラルウォーターのペットボトルを差し出されて、緩慢な動きで受け取った。

一之瀬から目を逸らした怜央はベッドに手をついてゆっくりと身体を起こし、カラカラになった喉に冷たい水を流し込む。

「……っ、けほっ！」

「慌てて飲むからだ。ガキみたいに零してるぞ」

噎せる怜央をそう揶揄した一之瀬が、喉から胸元にまで伝った水を指先でスッと辿る。

熱の収まりきらない肌がザワリと騒ぎ、イタズラに触れてくる指を「触んな、バカ」と慌てて振り払った。

「クッ……過剰反応だろ。で、どうする？　ここでは、適性能力はもちろんだが……最終的には、本人のやる気がモノを言う。去る者は追わねぇ。島を出るか？」

頭上から落ちてきた一之瀬の声に笑いが含まれている……と眉を顰めた直後、声のトーンを落とす。

静かに続けられた言葉に、怜央は、ピクッと指を震わせてうつむけていた顔を上げた。

視線が合った一之瀬は、からかいの気配もない真摯な目で怜央を見据えている。

怜央は視線を逃すことなく、キッパリと答えた。

「辞めない。不適格の烙印を押されるまで、自分からは出て行かない」

辞めるのは簡単だと、そう思っていた。

でも、今ここで投げ出して逃げ帰ってしまったら、なけなしの自尊心まですべてこの島に置き去りにすることになる。

当初の父親との約束は、一年。そこまで定期試験をパスし続けられるかどうかは、わからない。

一年後まで、滞留許可を得られれば……自ら島を出る選択はしない。命を張って誰かを護るという崇高な精神があると言い切る自信はないが、一之瀬も言っていたように人間の意識は変化するものだ。

父親は「そんなつもりではなかった」などと渋い顔をしそうだけれど、自分の意思でこの島にいたいと思っているのだから文句など言わせない。

「おれ、赤や黒のクラス長とは違ってリーダーシップとかないし、あいつらも嫌だろうけど……。教官がクラス長の交代を宣言したら、納得するんじゃないかな」

青クラスの牽引役(けんいんやく)であろうという自信は、とっくに木っ端微塵(こっぱみじん)になっている。

彼らも、お飾りの『王子様』などいないほうが統制が取れるのではないか。そう認めるのは情けないが、降参だと白旗(しらはた)を掲げた。

「赤と、黒か。あいつらの真似をしても、それがベストじゃないだろ。もともと、意図的に各クラス長にはタイプの異なる三人を充ててるんだ。おまえらが来るのと入れ替えに修了した代は見事にバラバラの三人だったが、面白かったぞ。動の橘と、静の鷹野と、楽の名塚……って感じで。今度、あいつらの昇級試験のＤＶＤを見せてやる」

そのＤＶＤを見たところで、自分にとって一欠片でも参考になる……得るものがあるのだろうか。

なにも答えられずにいると、一之瀬は静かに言葉を続けた。

「リーダーシップってやつは、前だけを見て先導すればいいのか？　後ろのやつがついて来なくても、強引に引っ張ればいい……って思うなら、ただのバカだ。自分らを信用していないヤツを、信じてついて行くなんてできねぇだろ」

「あ……おれ、あいつらを……全然信じてなかった。なのに、ついて来るのが当然だって思ってた。我儘で、高慢で……自分の思惑どおりにならないからって、駄々をこねるガキでしかないよな」

意に反する現実に苛立つばかりで、歩み寄ろうと努力する気もなかった。

怜央が威嚇をやめないのだから、彼らも遠巻きにして、噛みつかれる危険がある手を引っ込めるのは当然だ。

「まぁ、手放しで他人を信じろとは言わねぇけど。戦場でも、弾が飛んでくるのは前からだけじゃねぇってな。実際に、明らかに後ろから撃たれて致命傷を負った将校もいたらしいからな。しかも、その場にいた部下が全員『知らない。見てない』って白を切ったとか。日頃の行いが想像つくよなぁ」

「おれ……も、後ろから撃たれるタイプだろうな。だから、清水や嶋田、西岡も……」

そこで言葉を切り、抱え込んだ膝に額を押しつけた。

視界がシーツの白一色になる。

ここに残ると決意したのはいいけれど、あの三人と同じ部屋でこれからも過ごせるのだろうか。

なにより、彼らが自分のことなど心底嫌になったのでは……。

「へこむなよ、追い討ちをかけて、泣かせたくなるから」

「……鬼。悪魔、サド」

「褒め言葉だな。そうやって言い返すくらいじゃないと、イジメ甲斐がねぇ。おまえはさ、リーダーシップで引っ張るんじゃなくて、もう少しだけ素直になってみろ。自分の適性を知って、利用するのも必要だ。優秀な脳みそだって豪語するなら、うまく活用してズル賢く立ち回れ」

うつむいた頭の上に、ポンと手を置かれる。怜央が動けずにいると、ぐちゃぐちゃに髪を掻き乱された。

「やめろよっ」

くぐもった声で言いながら、その手を振り払う。

ダメだ。そんなふうに触られたら、甘えたくなる。手放しで一之瀬に寄りかかって、頼るなんて……そこまで惨めなことはしたくない。

「そうそう、威勢よく突っかかって来い。……おまえらはガキだけど、子供扱いはしない。テメェらで解決しろよ」

少し強く頭を叩かれて、顔を上げないままかすかに頭を揺らしてうなずいた。

解決策……と言っていいものかどうかは悩ましいが、初めて怜央に助言らしきものをくれた。

膝を抱える腕にグッと力を入れた怜央は、一之瀬の言葉を噛み締めて自分がどうするべきか考えを巡らせた。

□ □ □

ようやく空が白み始めた早朝、怜央は気配を殺して静まり返った廊下を歩いた。

寮の部屋の前で足を止め、ドアノブに手を伸ばして……引っ込める。大きな深呼吸で気合いを入れ直すと、今度は躊躇うことなくドアを開いた。

起床するには早い時間なので眠っているかもしれないと思っていた三人は、既にベッドを出て身支度を整えているところだった。

ズカズカと部屋に入った怜央の姿に、言葉もなく目を瞠っている。

「……おれも、着替えよ」

三人の視線を感じていたけれど、そ知らぬ顔でベッドに備え付けられている収納ケースを開ける。

手早く黒いTシャツとカーキ色のズボンを身に着けると、青いバンダナを手にしてポケットに突っ込んだ。

背中に視線を感じて振り向いた怜央から、三人が露骨に顔を背ける。一歩足を踏み出した怜央は、スッと息を吸って唇を開いた。

「あのさ。素肌に鞭って、マジで痛かったんだけど。……おれも謝るから、おまえらも謝れよ」

そんな唐突な言葉に驚いたらしく、清水が顔を向けてくる。

怜央と目が合うと、無理に作ったとわかるぎこちない薄ら笑いを浮かべて、言い返してきた。

「はぁ？　なに小学生みたいなこと言ってんだ。おまえ、バカだろ」

「確かに、寒いセリフだって自分でも思うけどさ。山中訓練のザックと……蛇の件では、ホントに悪かった……助けてくれて、ありがたいと思ってたんだ。言い訳だけど、ありがとうって言うタイミングを逃してた。一人じゃなくて……心強かった。ありがと。……ごめん」

言葉を切ると同時に勢いよく頭を下げると、シン……と静まり返る。

誰も、なにも言わない。物音一つしない。

そうして、どれくらい時間が流れたか……かすかな衣擦れの音が耳に入り、床を見ている視界にシューズの先が映り込んだ。

「俺も、昨日は悪ノリしてやり過ぎたって思ってる。悪かった」

西岡の声だ。強く背中を叩かれて、顔を上げた。

真っ直ぐに怜央を見る目からは、あれは悪ノリだったのだと……そういうことにするのだと伝わってくる。

「痛ぇよ、怪力」

「おまえが生っちょろいんだよ。もっと食って鍛えないと、これからますますキツくなるって予告されてる訓練についていけねぇぞ。なぁ？」

振り向いた西岡は、気まずそうな顔の清水と嶋田に同意を求める。

怜央が視線を向けると、清水が大股で近づいてきた。

「……確かに、そうだな。体当たりしたら、吹っ飛びそうだし。……他のヤツに飛ばされたら、受け止めてやってもいいけど」

「清水、おまえこそガキかよ。……俺も、おまえくらいならぶっ倒れても背負ってやれるな。悔しいなら、背負いきれないくらい鍛えろよ」

嶋田の言葉に、西岡がうんうんとうなずき……怜央の肩を掴みながら、とんでもない言葉を口にする。

「あー……確かに、今の羽柴だとお姫様抱っこってヤツができそうだな。試させろよ」

「冗談じゃねぇ！」

うっかり実行されては堪らないので、慌てて飛び退いた。その反応はヤツの思うつぼだったらしく、「ははは！」と声を上げて笑われる。

釣られて、怜央も……清水も嶋田も笑みを零し、室内の空気の温度が変わるのを体感した。

ひとしきり笑った西岡が、ふと真顔になって口を開く。

「おまえさ、リーダーだから……って踏ん反り返って、自分ができないことも頼ろうとせず、周りが手を差し伸べてくれるのを待ってただろ。俺らは、それがもどかしかったわけだ。頼りない、信用できないって言われてるみたいでさ。荷車が重いから手伝えって協力を仰ぐのは、みっともなくない。自分だけで担ごうとして、潰されるほうが格好悪いだろ？」

「……うん。有り余る体力を持て余してるウドの大木が、ゴロゴロしてんのにな」

微笑を滲ませてポツリと答えると、『ウドの大木』と言いながら横目で見遣った清水が、頬を歪ませてつぶやいた。

「ウドの大木ってのは、余計なひと言だろうが。いきなり気持ち悪いくらい素直になったかと思ったら、やっぱ羽柴は羽柴だな」

「つーか、コレが素なんだろ。変に素直で、バカ正直で……でも、本人に悪気はないんだよな。つまり、王子様は王子様でも、まだお子様」

清水のボヤキに苦笑した嶋田が、意外にも的確に怜央の性格を分析する。

まじまじと怜央を見ていた西岡は、芝居がかった仕草で腕を組んで大きくうなずいた。

「そっか。なんで放っておけないのか自分でも不思議だったんだけど、わかった。おまえ、うちの一番下の弟に似てるんだ」

「……弟って、いくつだよ」

「この春、小学生になったところ。末っ子のせいか、家の中でまさに王子様だ」

小学生になったばかりの子供と同じだと、からかうでも嫌味でもなく真顔で言われて、怜央は絶句した。

そんな怜央に、西岡は「納得。つーか、スッキリした」と朗らかに笑っている。

「なるほど、天然王子様。そう考えたら腹も立たねーわ」

「ああ。王子様じゃ、仕方ないな」

迷いなく同意してうなずき合っている三人に憤慨した怜央は、「王子様って言うな！」と苦情をぶつける。

「本当のことを言われたからって、怒るな王子様」

「そろそろ、食堂が開く時間だ。飯を食いに行こうぜ、王子様」

「派手な寝癖、直していったほうがいいぞ、王子様」

わざわざ最後に「王子様」をつけて話しかけてくる三人を、順番に蹴って大股で戸口に向かった。

ドアを開けて廊下に出ながら、室内にいる三人を振り返る。

「なにボケッと突っ立ってんだ。腹が減ってるんだろ。おまえらが言うとおり、ゴツくなってやる！　おかずに卵焼きがついてたら、おれに一切れずつ寄越せ。あ、ゆで卵だったらいらねーからな」

「……我儘がすぎるんじゃねーの、王子様」

啞然とした顔でポツリと口にした西岡に、ふふんと笑ってやる。

王子様呼ばわりをしたのは、そっちだ。相応の扱いをしてもらおう。

他の部屋から出てきた訓練生が、怜央たちのやり取りに驚いた顔で立ち止まった。

昨夜の騒動がどこまで知れ渡っているのかは、わからない。でも、自分たちがギスギスしていたのは周知の事実だ。

「おまえら、どうしたんだ？」

なにがあったのだと、目を丸くして怜央と西岡たち三人のあいだに視線をうろうろさせている。

「さぁな。仲良しでウラヤマシーだろ」

そう胸を張る怜央に、意味がわからないという顔をした彼は言葉もないらしい。部屋から出てきた西岡たちが、呆れた顔で笑いながら背中を押してきた。

「悪い、羽柴のヤツ寝惚けてんだ」

「……おお。愉快な寝惚け癖だな」

「そうそう。そのうち慣れて、不思議に思わなくなるだろうからさ」

怜央の背中を押して廊下を歩きながら似たようなやり取りを繰り返し、首を捻る訓練生たちを丸め込んでいく。

そうやって、後れ馳せながら怜央が訓練生たちのあいだに溶け込むことができるように、下地を作ってくれているのだとわからないわけがない。

食堂に入ると、訓練生たちと少し離れたテーブルにいる教官グループが目に留まった。

「悪い。おれ、ちょっと一之瀬教官に……」

一之瀬を指差して、そう言葉尻を濁す。

西岡たちは、「俺らは……飯の後、呼び出しかな」と諦めたような苦笑を浮かべて、行けと怜央の肩を叩いた。

テーブルの脇に立つ怜央を見上げた一之瀬は、

「……仲直りしたのか」

怜央が口を開くより早く、そう口にする。

四人で食堂に入ってきたことと雰囲気で、怜央が説明するまでもなくあらかた察したらしい。

「うん。……はい。ご迷惑をかけて、スミマセンでした」

怜央が頭を下げると、近くのテーブルにいた他クラスの訓練生が「おお？」「あいつが頭下げてるぞ」とコソコソ驚きの声を零す。

……全部、こちらに筒抜けだ。

「羽柴」

「……？」

一之瀬に、ちょいと指先で呼び寄せられる。他の教官たちの手前、突っぱねることなどできず、怪訝に感じながら背中を屈めた。

「仲良しなのはいいが、ライオンがネコになって腹を見せるのは俺だけにしろよ。好きなだけ鞭を振るってやるから」

さわりと吐息がかかり、首を竦ませる。そのせいで、耳に吹き込まれた言葉の意味を理解するのに数秒を要した。

一之瀬は、なんて言った？

ライオンがネコに……、しかも、怜央が鞭で打たれたがっているみたいな言い回しではなかったか？

「ふざけん……っ！　っ……ぅ……遠慮、します。教官サマの手を、煩わせるまでもありませんので」

カーッと頭に血が上ったままの勢いで言い返そうとしたけれど、一之瀬の正面にいる篠原が目について、ギリギリのところでなんとか思い止まる。

激高を耐えて押し殺した声で言い残し、一之瀬に背を向けた。

あの、覇王……魔王サマめ。

わざわざ耳元で、ふざけた台詞を吐きやがって。

足音を荒くして一之瀬から離れると、カウンターで朝食の載ったトレイを受け取ってから西岡たちがいるテーブルに向かう。

「約束の卵焼き、寄越せ」

テーブルにトレイを置いて開口一番にそう言った怜央に、彼らは「約束してないって」とか「俺、いいって言ってないけど」とか「もう食った、コッチ食え」と答えつつ、皿の隅に卵焼きやらベーコンの切れ端を放り込んでくる。

「……歯形のついたベーコン、返却」

ついでに苦手なプチトマトを清水の皿に放出して、イスに腰を下ろした。

一応とはいえ、援軍となり得る味方ができたのだ。あの覇王サマに、いつか一矢報いてやる。

鞭で打たれる痛みを、思い知りやがれ。

返り討ちに遭わせる場面を想像して含み笑いを漏らすと、西岡の手が肩に乗せられた。

「わかった。そんなに卵焼きが好きなら、今度から一切れだけおまえにやる」

「……違う」

倍の量になった卵焼きを、喜んでいるわけではない。

首を振った怜央に向かって、子供を宥めるように「素直になれ」と笑った西岡に『打倒、一之瀬』の妄想を告げることはできなくて……。

大きなため息をついて笑みを消すと、卵焼きを箸で摘(つま)んで齧(かじ)りついた。

「……美味い」

ほんのりぬくもりを残した卵焼きは、特に変わったところのない素朴な薄塩味だ。

それをこれまでになく美味しく感じて思わず素直につぶやくと、清水と嶋田が「そりゃよかった。奪われた甲斐があったな」と苦笑する。

ふと、誰かに見られている気がして視線を感じるほうへ顔を向ける。一之瀬と目が合った？と思った直後に、篠原に話しかけられたらしく目を逸らされた。

こちらを見て……笑っていたか？

「羽柴？　どうかしたか？」

「あ、いや……なんでもない。一之瀬教官、いつもどおりに鞭を振るってくれるんだろうなぁ……とか思って」

「忘れようとしていたのに、思い出させせんなよ。一之瀬教官、嬉々とした目でお仕置きしてやるって予告してくれたもんな。俺ら、どんな目に遭うか……予想もつかないのがなにより怖え」

「それ、自業自得だろ」

「わかってるよ」

憂鬱そうな顔で黙り込んでしまった三人には悪いが……。

「嫌だって泣くほど、あの鞭で打たれてしまえ」

ポロリと本音が零れ落ちてしまった。清水にギロリと睨まれたけれど、ふんと鼻で笑ってやる。

胸元や脇腹が、まだ痛いのだ。思い知れ。

席を立った一之瀬が、こちらを一瞥して食堂を出て行った。表情の変化はほんのわずかで、笑みと言えないものかもしれない。

でもあれは、怜央にだけはわかる微笑だった。

「覇王っつーか魔王サマの微笑み……って言い方をしたら、凶悪だな。絶対、なにか企んでやがる」

摘み上げた卵焼きに向かって独り言をつぶやいた怜央は、西岡たちと似通った表情で特大のため息をついた。

# 覇王サマに挑戦状

両腕で抱えていたロールスクリーンを置いた怜央(れお)は、なにを考えているのか読めない無表情でこちらを見下ろす一之瀬(いちのせ)をチラリと見遣(みや)った。

「ここ……でいい、ですか」

「ああ。アッチで待機」

尋ねた怜央に、他の訓練生たちが囲むテーブルを指差して無愛想な声で短く命じると、スクリーンを広げて他の若手教官たちと映写機の用意を始める。

……雑多な備品が詰め込まれた一室から運ばされたロールスクリーンは、ものすごく重かった。なのに、クラス長が雑用をするのは当然とばかりの態度だ。褒(ほ)め称(たた)えろとは言わないが、「ご苦労」の一言もないのか。

ムッと唇(くちびる)を尖(とが)らせかけた怜央だが、同じように雑用を言いつけられた『赤』や『黒』のクラス長が不満を零(こぼ)すことなく着席するのを目にして、渋々とイスを引いた。

この状況で一人だけ文句を口にするのは、ものすごく子供じみている。今までの振る舞いが原因の自業自得(じごうじとく)だとわかっているが、ただでさえ訓練生たちに『ガキ』扱いされているのだから、これ以上彼らに笑われる要素を増やすのは癪(しゃく)だ。

なんとか一之瀬への文句と不満を抑え込み、テーブルに肘(ひじ)をついて天井のフックに引っかけられた白いスクリーンを眺めた。

語学や化学といった教本を使用する学科教習は、クラスごとに小教室で行われることが多い。

それが今日は、三クラス合同で食堂に集められ……不可解だった。

「なんで、食堂なんだ？　って思ったけど……」

理由がわかった。

この人数を纏(まと)めて収容でき、その上大きなスクリーンを設置することの可能な場が、食堂だからという理由だろう。

声に出すことなく納得していると、スクリーンの脇に一之瀬が立った。準備が整ったらしい。

「おまえらがここに入所して、そろそろ半年が経過する。脱落者も出たが、ほぼ面子(メンツ)が固定されて……中だるみしてきてるだろ。反論できるやつはいるか？」

そこで言葉を切って食堂内を見回した一之瀬と、目が合いそうになり……そろりとテーブルに視線を落とす。

一之瀬の言葉は、痛いくらい的を射たものだ。

初めの一、二回のテストでは各クラスから複数の脱落者が出て、ピリピリとした緊張感が漲(みなぎ)っていた。けれど確かに、ここしばらくはテストで脱落する訓練生が減り、人間関係にもなんとなく馴染(なじ)み……気が抜けていると言われても仕方がない、安穏とした空気が漂っている。

怜央だけでなく他の訓練生たちにも自覚があるらしく、同じテーブルにいる西岡（にしおか）や清水（しみず）や嶋田（しまだ）も、気まずい顔をして目が合わないよう逃げている。

黒や赤クラスの訓練生たちも、同じように一之瀬から視線を逸（そ）らしていたのだろう。一之瀬は、聞こえよがしなため息をついて食堂の壁をバンと手のひらで打った。

「……おまえらに足りないものがここにあるから、しっかり見ておけよ」

そう言ってスクリーンを指差し、映写機の傍（そば）にいる教官に視線で合図を送った。

なにが始まる？

わざわざ訓練生を集めて、映画鑑賞会でもないだろう……と怪訝（けげん）な面持（おもも）ちでスクリーンを見ていると、大きな画面にパッと映し出されたのは自分たちと同じ服装の青年だった。

舞台は、ここ……自分たちがいる食堂だ。

どこかに隠してあるカメラで映しているのか、斜め上からのアングルで固定されている。

しかも、始まってすぐに食堂内の電気が消えて暗視モードに切り替わったらしく、映像全体が暗い。

それらのせいでところどころ見づらいが、雑音混じりながら音声も拾っているのでだいたいの状況は読めた。

『じゃあ、まずは……ここの建物に誰かいないか確認する。それでいいか？』

『ああ。数人ずつのグループに分かれて、手分けをしよう。建物内を見て回り、時間を決めて戻る。連絡係として……』

テーブルを囲んでいる訓練生たちが、これからの対処について語り合っている。映像と会話の内容から察するに、この養成所から姿を消した関係者の捜索と、今後の対応を検討している……というところか。

怜央は、ドラマでも見ているような気分でのんびりスクリーンを眺めていたけれど、スクリーンの中で事態が進むにつれて肩に力が入るのを感じた。

電気も点かず、状況がまったく見えない中での連携……仲間を集め、各自の得意分野を活かして対処を分担し、それぞれがどうするべきか瞬時に判断する。

十……いや、もっとだ。二十人くらいいる訓練生たちが、自然と個々の為すべきことを定めて協力し合って現状打破を図る。その様は、先が読めないこともありとてつもなくスリリングだった。

集中してスクリーンを注視していた怜央は、『タチバナ』『ナツカ』『タカノ』の三人に訓練生たちが自然と意見を求め、指示に従っていることに気づいた。

編集が雑なので、繋ぎ合わされた映像が時系列にきちんと沿ったものなのか否かよくわからないが、食堂に飛び込んできた訓練生が『タチバナ』と『ナツカ』が港に向かう旨を『タカノ』に告げ、今度は港の備品小屋に画面が切り替わる。

発電機を探していたらしい『タチバナ』と『ナツカ』は、そこにも求めるものを見つけられず……『予備発電施設』があるはずの沖合の小島を目指そうと、即座に決断した。

怜央は、おいおい、夜の海を二人だけで泳ぐ気か……と眉を顰め、岸壁から海に飛び込んで画面から姿を消した二人にギュッと拳を握った。

今度は、再び食堂に切り替わる。

残された『タカノ』たち訓練生は、港から戻った二人の訓練生から『タチバナ』と『ナツカ』が沖合の小島に向かったことを知らされる。

無言で報告を受けた『タカノ』は、短く「あいつらなら大丈夫だ。なんとかする」とだけ口にして、残った自分たちはなにができるか……懐中電灯でテーブルに広げた紙を照らしながら今後の対応を話し合っている。

ほとんど見えないが、あの紙には、なにが書かれているのだろう。養成所の見取り図と……これまでの経緯、といったところか?

実動部隊とも言うべき『タチバナ』と『ナツカ』とは別に、『タカノ』は養成所に残った訓練生たちが勝手な行動で混乱しないように取り纏め、全体の状況を把握しながら的確な指示を出している。

小島の予備発電施設に向かう……と姿を消した二人を案じていないわけはないのに、不安や動揺を微塵も感じさせない。養成所で十数人を統制するほうがきっと難しいはずなのに、当然のように冷静な態度を保っている。

彼らのあいだにある、強固なもの。一之瀬が口にした、『おまえらに足りないもの』が、なんとなく見えてきた。

そう考えながらまばたきをしたところで、懐中電灯のみが照らす食堂の空気が一変する。

複数の足音が近づいてきて、食堂内に緊張が走り……『タカノ』が戸口を振り向いた。

『ひとまず終了だ。あちこち散らばってるやつらを、呼び戻せ』

『藤村(ふじむら)教官。……橘(たちばな)、名塚(なつか)。無事……か』

張りのある低い男の声が響き、『タカノ』の声をマイクが拾う。

姿は映されていないが、『タチバナ』と『ナツカ』が無事らしいと『タカノ』の言葉で察して、ふっと肩の力が抜けた。

冷静沈着そのものだった『タカノ』の声に、明らかな安堵(あんど)が漂っていたことからして、二人に見てわかる怪我(けが)などはないのだろう。

直後、なんの前触れもなくスクリーンに映し出されていた映像がプツリと切れた。

パチンと目の前でシャボン玉が弾(はじ)け、唐突に白昼夢から現実へ引き戻されたみたいだ。

「あ……」

怜央は、思わず小さな声を零して手の甲で瞼を擦った。集中のあまりまばたきの回数が減っていたらしく、乾燥して目が痛い。

放心状態なのは、怜央だけではない。五十人余りいる訓練生が、無言で真っ白の大きなスクリーン見詰めている。これだけの人数がいるのにシン……と静まり返っていて、なんとなく息苦しい。

そんな空気を一掃する、通りのいい声が響いた。

「さっきの映像は、おまえらの二年上……一昨年にここを修了したやつらの、一期目から二期目に上がるための進級試験の様子だ。抜き打ちでここを無人にして、どのように対処するかチェックをした」

一之瀬の解説に、じわりと眉根を寄せた。

抜き打ちの、進級試験……だと？　あんなに大がかりなものが？

混乱の中、懸命に現状の把握と打開を模索していた訓練生たちへ感情移入していたせいで、なんとも形容しがたい不快感が胸の奥から湧き上がる。

「感想をレポートに纏めろ、とは言わねぇ。おまえらの顔を見ていたら、だいたい想像がつく。で……俺が言った、おまえたちに足りないものはわかったか？」

食堂内を見回した一之瀬は、目が合ったらしく、すぐ傍の椅子に座っていた黒クラスの訓練生に「言え」と脅迫……いや、促す。

「えー……と、知恵……かな」

ボソボソと自信なさそうにつぶやいた訓練生に、目を細めて「そんなことは聞くまでもないだろ」と容赦なく吐き捨てる。

迫力のある綺麗な容貌に酷薄な表情を滲ませた上での、非情な発言だ。睨み下ろされた黒クラスの訓練生は、グッと言葉に詰まっている。

自分たち青クラスの訓練生は、あの男の発する威圧感たっぷりのオーラにある程度慣れているが、他のクラスのやつは一之瀬にあまり馴染みがないだろうから、気圧されるのも仕方がないか。

「話にならん。……おまえは？　羽柴」

気の毒に……と黒クラスの訓練生に同情していたせいで逃げそびれ、一之瀬とバッチリ視線が絡んでしまった。名指しされてしまっては、水を向けられたことに気づかなかった鈍感のふりもできない。

のろのろと立ち上がった怜央は、渋々と口を開き、自分なりに導き出した『足りないもの』を答える。

「仲間意識、連帯感……協調性……」

あとは、仲間に対する信頼感といったところか。

自分たちには、それらが圧倒的に不足している。もしも今、あの映像の彼らと同じ状況に置かれたら、数十分も経たずに意見を対立させて仲間割れして目も当てられないことになるのは確実だ。

怜央の答えに、一之瀬は意外そうにほんの少し目を見開いた。そうして表情を変化させたことに、今度は怜央が目をしばばたたかせる。

けれど一之瀬は、瞬時にポーカーフェイスを取り戻して、普段と変わらない偉そうな口調で怜央に言い返してきた。

「ま、そのあたりだな。今はまだいいが、無事に二期目に上がれたらクラス分けがなくなる。少しずつ他のクラスのやつとも交流しておけよ。ってわけで、鑑賞会は終わりだ。晩飯まで適当にやってろ」

食堂内の訓練生たちに向かってそれだけ告げ、言葉を切った一之瀬と、またしても視線が絡んだ。

犬か猫を呼び寄せるようにちょいと指先を折られ、なんだ？　と眉を顰めて歩み寄る。

「羽柴、おまえは片づけ。元あったところに戻しておけ」

天井から吊るされたままのスクリーンを指差しながら、当然のように言いつけられる。

ムッとした怜央は、唇を尖らせてつぶやいた。

「……人使いが荒い」

もう少し申し訳なさそうな顔と声で命じられたら、「わかりました」と素直に答えられる……かもしれないのに。

性格のよろしい一之瀬のことだから、わざと反感を買う言い回しを選び、怜央の反抗心を煽っているのではないかと疑いたくなる。

不満を露にする怜央に、一之瀬は尊大な態度を崩すことなく口にした。

「当然。クラス長は、担当教官の下僕だ」

目を眇めた一之瀬が視線で指した先では、赤クラスと黒クラスのクラス長が備品を抱えていた。

設置時と同様に、撤収時までこき使われるのは理不尽だ。あんたらがやればいいのに。

そう思っていても、本音を口に出すことはできない。下僕という呼称は悔しいが、概ね事実なのだ。

言い返せなくなった怜央の背中を、ふんと鼻を鳴らしてポンと叩いた一之瀬は、他の教官たちと言葉を交わしながら背を向けた。

残された怜央は、その場に立ち尽くすばかりだ。チラリと見上げた大きなスクリーンは、まだ天井付近のフックに吊るされている。このスクリーンを、備品室に戻しに行くのは構わない。面倒だが、雑用としてはマシな部類だ。

ただ一つ、最大の問題がここにある。

どうしたものか……と腕組みをしてスクリーンを見上げていると、背後から長い腕が首に絡んできた。

「羽柴、おまえの口から『仲間』とか『連帯』とか『協調』って言葉が出るなんてなぁ。お兄ちゃんは、感動したぞっ」

ふざけた台詞といい、この鬱陶しい絡み方といい……これが誰かなど、振り返って確かめるまでもない。

「誰がお兄ちゃんだと……?」

低くつぶやいた怜央は、意図して思い切り眉間に縦皺を刻み、首に絡みつく腕を振り解きながら後ろに身体を捻る。

目が合った西岡は、自分の顔を指差して「俺、俺、俺様」と能天気な声で応答した。

こんな兄ちゃん、いらない……としかめ面で答えようとしたが、ふと名案を思いついた。

「じゃあさ、お兄ちゃん……お願いがあるんだけど」

「お、おお?」

ニッコリと笑いかけた怜央の言葉と表情は、予想外のものだったに違いない。西岡は、拍子抜けしたような顔で首を傾げる。

「あれ、下ろして」

スクリーンを引っかけてある部分を指差しながら口にすると、西岡は合点がいった、という顔でうなずいた。

「……あー……背が足りないのか。それとも、腕が短いのか？」

「協力っ、してくれるよね？」

ダメだ。ここでキレるな。

茶化す台詞に瞬時に頭へ血が上ったけれど、噴火するのをギリギリで持ち堪えて西岡の目を覗き込む。多少……どころではなく引き攣っていたはずだが、なんとか笑みを浮かべて否を許さない口調で畳み掛ける。

もともと単純でお人好しな西岡は、小さく息をついてチラリと怜央を見下ろした。

「はいはい、承知しました王子様。最初は馬鹿みたいな意地を張っていたくせに……小賢しい技を覚えたな」

「適材適所。仲間には、協力しないとな」

嫌味など聞こえない、と聞き流して『仲間』と『協力』を強調した言葉を返す。

苦笑した西岡は、近くを通りかかった清水の後ろ襟をガシッと摑んで引き留めると、

「清水。スクリーンを下ろすのを手伝え」

「ああ？　なんで俺が」

「……王子様のご要望だ。協力し合うのって、大切だよな」

「…………」

有無を言わせない勢いで、ちゃっかり事態に巻き込む。清水は仕方なさそうに嘆息すると、

身体の向きを変えてスクリーンに向かった。

この手の強引さは、さすがだ。怜央のことを、小賢しいなどと言えないだろう。

労力の分散に成功した怜央は、二人がかりでスクリーンを下ろす様を傍観しつつ大きな欠伸をする。

脇を通りかかった他のクラスの訓練生が、

「青のやつ、王子様の言いなりだな。一之瀬教官はアレだし……M集団か？」

「つーか、羽柴のやつ最初はあんだけギスギスしていたくせに、人の使い方が巧みになりやがって」

そんな、勝手なことを言い合いながら笑って通り抜けて行ったけれど、一睨みで口を噤ませた。

西岡と清水は、両手を頭上に伸ばしながら「誰がMだっ」とか「さっきの発言者、誰だよ。次の合同訓練で、絶対に殴る！」と憤っていたけれど、怜央はケケケッと笑って二人の背中に声をかけた。

「早くしろよー。あ、下ろしたら巻いて、紐で留めてくれ。備品室へ持って行けとまでは、言わねーから」

「……もう一回、フックに掛けるか？」

「そうだな」

淡々と口にして顔を見合わせた二人に、

「ウソウソ、ごめん。お願いします」

そう言ってわざとらしく両手を合わせ、小声で「協力感謝」と続けた。

照れくさくて、面と向かって大きな声で言えないあたり……我ながら可愛くないと思うが、西岡と清水の耳にはきちんと届いていたらしい。

「仕方ねーなー」

「ったく、俺らも王子様を甘やかしすぎかね」

ぶつぶつ言いながらでも、きちんとスクリーンを下ろして巻き物状態にまでしてくれて、本当にありがたい。

ロールスクリーンを両手で抱えて、もう一度「ありがと」と小さく口にした。

うつむいた怜央の背中を交互に叩くと、

「頼られるのは嫌いじゃねーから」

「おまえが素直だと不気味だ」

などと言いつつ、満更でもなさそうで……つい先ほど目にした映像の彼らのようになるには、まだまだ足りないものだらけだと思うけれど、いつかあの関係に近づければいいな……と唇を引き結んだ。

こんなところで我慢するのは、一年だけだ。

そう決めていた入所時の思いは、今となっては完全に別の目的へ変わっている。

こいつらの、おかげかもしれない？　と……まだ口に出しては言えない。


「うわ、埃っ……掃除しろよ」

出入り口の扉の他は、小窓が一つあるだけの六畳ほどの空間だ。ロールスクリーンをスチール棚と壁のあいだに立てかけると、脇に積まれているダンボール箱がぐらりと揺れた。

慌てて手で押さえたことで、倒壊は免れたが……舞い上がった埃が小窓から差し込む西日に反射してキラキラしている。

怜央はコホッと咳をして顔を背けると、あまり意味はないとわかっていながら顔の前で手を振った。

「この箱もだけど……そっちの細長い発泡スチロールなんか、なにが入ってんだ？」

物置となっている部屋には、用途不明なものまで雑多に積み上げられている。くたびれたダンボール箱の中身など、教官たちでさえ知らないのではないだろうか。

覗き見しようかと好奇心を刺激されたが、発泡スチロールの箱に届く直前で手の動きを止めてゆっくりと引っ込めた。

昔話の教訓が、唐突に脳裏(のうり)を過(よぎ)ったのだ。

「……やめた」

怜央の頭の中では、『触らぬ神に祟(たた)りなし』とか『好奇心は猫を殺す』とか、その手の諺(ことわざ)がぐるぐると巡っていた。不用意に箱を開けたり、覗いてはならないという禁を破ったりしたら、ロクなことにならないと先人から伝わっている。

特殊教室が並ぶ棟の、更に一番端……食堂から離れた位置にある小部屋は妙に静かだ。スクリーンを両腕に抱えていたこともあり、入室時に電気を点けなかったので、西日が傾くにつれて視界が暗くなる。

ふと気づけば、薄闇に包まれていた。

なにかがズレたのか、どこかからガサッと小さな音が聞こえてきて肩を震わせる。反射的に振り向いた視線の先、棚の隅の暗がりが気になり……無意識に両腕を擦(さす)った。

「用、済んだし……出よ」

独り言を零した怜央は、廊下に出るための扉を目指して身体の向きを変え……ぬっと戸口を塞いだ黒い影に、息を呑(の)んだ。

「っ！」

声もなく硬直すると、黒い影がこちらに向かってくる。

心臓がバクバクと激しく脈打っているのに、足が床に強力な接着剤で貼りつけられているみたいで動けない。立ち竦むしかなく、心臓の鼓動が耳の奥でドクドクとうるさいくらいに響く。

その激しい動悸を、馴染みのある低い声が打ち消した。

「羽柴？　一人でなに遊んでやがる。戻らないから、迷子になってんのかと思ったぞ」

「……一之瀬、教官」

一之瀬の声が耳に流れ込んできたと同時に、全身の力が抜けた。詰めていた息を吐き出して、手の届く距離まで歩み寄ってきた一之瀬を見上げる。

視界は薄暗いながらも、この近さだと端整な顔がハッキリと見て取ることができた。

「おい？　顔が強張ってんぞ。お化けでも出たか」

「ち、ょっと休憩してただけだ。大物を一人で運んできたから、腕が怠い。重かった！」

薄闇が不気味でビクついていたのではなく、疲れて一休みしていたのだと言い訳をする。

一之瀬は、ここになにをしに？　と手元を見れば、軽そうな小さな箱を持っていた。それを、どう見ても適当に近場のダンボール箱の上に置き、怜央に向き直る。

「あの位置のフックから、よく下ろせたな」

「……おれじゃない。西岡と清水が下ろした」

他の人間の力に頼ったのだと暴露するのは悔しいけれど、自分で下ろしたと嘘をつくのは心苦しい。

ボソボソと口にした怜央は、足元に視線を落としたが……ポンと頭に手を置かれて、弾かれたように顔を上げた。

「あいつらとうまくやってんのは、いいことだ。……しっかし、おまえの口から協調性だとか仲間意識だとかって言葉が出るとは……」

感慨深そうに、しみじみと語った一之瀬の台詞は、嫌な感じに聞き覚えがある。

そんなふうに言われるほど、少し前まで自分の態度が悪かったという自覚があるだけに、不貞腐れた気分でつぶやいた。

「あんたもか。……そりゃ、あの人らみたいにはなれないかもしれないけど、さ」

スクリーンに映る彼らからは、危機的状況にあったにもかかわらず、事態を楽しんでいるかのような奇妙な昂揚感が伝わってきた。

それはきっと、信頼できる仲間に囲まれていたからだ。自分にあの統制力はないし、半年後にああなれるかと問われれば……返事ができない。

言葉を切ってうつむくと、一之瀬の両手に頭を摑まれて強制的に顔を上げさせられた。

「俺は、あいつらと『同じ』になれとは言ってねぇだろ。クラス長のタイプからして異なるんだから、違って当然だ。ただ、あれを見て危機感を少しでも持ったなら、まぁ……成功だな。おまえは、おまえでいい。実際に、少しずつ周りの空気が変わってきただろ？　王子様」

クックッと笑いながら髪を撫で回され、「やめろ」と両手で一之瀬の手を摑んで止めた。

茶化した『王子様』という台詞は腹立たしいし、何もかもお見通しだと言わんばかりの言葉も面白くない。

でも、なにより……一之瀬の言葉と頭を撫でる大きな手に、じわじわと頬が熱くなる自分が悔しい。

「……耳、赤くなってんぞ」

「嘘つけっ。この暗さで見えるわけ……」

勢いよく顔を上げて反論しかけた怜央の視界いっぱいに、端整な顔が映り込む。心臓の鼓動が大きくなり、思わず続きを呑み込むと、一之瀬は微笑を浮かべて更に顔を寄せてきた。

「やっぱ、赤くなってんじゃねーか。いきなり可愛くなられたら、どうしてやろうかと……腕が鳴るな」

「どうもしなく、てい……ッ」

じわりと唇を重ね合わされて、反論を封じられた。

避けられないほど、強引ではなかったのに……怜央は、自分の意思で逃げなかった。大きな手に後頭部を包まれ、指先で髪を掻き混ぜられると、心地よさに身体の力が抜ける。

「ン……、っぁ」

この心地よさに流されて、一之瀬の背中に手を回してもいいのか迷い……足元をふらつかせた直後、なにかを蹴ってしまった。

「おっと、場所が悪いな。……時もか。晩飯を食いそびれる」

口づけを解かれ、引き寄せられていた手が離れていく。我に返った怜央は、背中に回しかけていた手で一之瀬の肩を押し返した。

顔が熱い。でも、たぶんもう暗くて見えない。肩を掴んだ手が震えていたことを、気づかれていませんように……と祈っていたのに。

「続きがしたけりゃ、消灯後に俺の私室だな。寝ずに待ってようか？」

熱っぽい頬に手のひらを押し当てられたせいで、きっとバレている。その上、意図してか否か熱を上げるための燃料を投入したとしか思えない台詞を聞かされて、身を硬くして言い返した。

「……行かねーから」

「俺に、徹夜しろって？　そいつは困るな」

可愛げのない態度のはずなのに、一之瀬はくしゃくしゃと怜央の髪を撫で回しながら、笑みを含んだやけに甘ったるい声でそう口にする。

「い、行かねーって！」

頬だけでなく、身体中が熱くなるのを感じながらそう拒絶を重ねたのに、手を掴んで強く引かれた。

「や……」

「とりあえず、ここから出るか。足元、気をつけろよ」

ほとんど見えないはずなのに、どこになにが置いてあるのか記憶しているのだろうか。迷いのない足取りで、扉に向かって怜央を誘導する一之瀬の手を振り払えない。

見えないから。ここで手を離されたら、自力で廊下に出られなくなりそうだから。

そうして心の中でいくつも言い訳を重ねて、一之瀬の手をギュッと握り返した。

怜央が、「行かない」と言いつつ無視しきれるわけがないことを、一之瀬はお見通しに違いない。

いつも余裕で、先回りをして怜央の心情を見透かしていて……腹が立つのと同じくらい、安心する。

力強く、あたたかい手を握っていたら、不安などなに一つないのだと思い知らされる。

おまえは、おまえでいい。

そう言い切ってくれた一之瀬の声を頭の中で繰り返して、大きな手を握り返す指に力を込めた。

でもいつか、この男に予想外だと言われるような団結力を見せつけてやる。

度肝(どぎも)を抜いてやるからな、と暗闇に紛れてハッキリ見えない広い背中に挑戦状を叩きつけて、表情を引き締めた。

# あとがき

こんにちは、または初めまして。真崎ひかると申します。この度は、新装版『教官は無慈悲な覇王サマ』をお手に取ってくださり、ありがとうございました！　『君主サマ』シリーズの七冊目、スピンオフとなっておりますが、こちらだけ読んでくださっても大丈夫なようにした……つもりです。前作六冊とは、舞台が同じで主要キャラが違います。が、別カップルの彼らにもお目を通していただけると、とっても嬉しいです。旧版の奥付発行日は、約五年前でした。今回も新装版にあたり加筆修正の手を入れましたが、十年前のものより、ものすごく違うわけではないのに現在と微妙に異なる書き癖と向き合うのが苦しかったです。

美形Sの一之瀬と、悪ガキ怜央を魅力的に描いてくださった蓮川愛先生。改めまして、ありがとうございました。可愛げがない性格の怜央が、蓮川先生のおかげで可愛いです。

そして担当H様。今回も大変お世話になりました。ありがとうございました。大感謝です。

ここまで読んでくださり、ありがとうございました！　定型文のようですが、初めましての方、お久しぶりです……の方、憶えていてくださった方に、思い出してくださった方。皆様に、心よりありがとうございます。ちょっぴりでも楽しんでいただけると、幸せです。

二〇二〇年　　暖冬のおかげで霜焼けがマシです　　真崎ひかる

✦初出　教官は無慈悲な覇王サマ…………………プリズム文庫「教官は無慈悲な覇王サマ」（2015年5月）を加筆修正
覇王サマに挑戦状…………………………書き下ろし

真崎ひかる先生、蓮川愛先生へのお便り、本作品に関するご意見、ご感想などは
〒151-0051 東京都渋谷区千駄ヶ谷 4-9-7
幻冬舎コミックス　ルチル文庫「教官は無慈悲な覇王サマ」係まで。

幻冬舎ルチル文庫

教官は無慈悲な覇王サマ

2020年2月20日　　第1刷発行

✦著者　真崎ひかる　まさき ひかる

✦発行人　石原正康

✦発行元　株式会社 幻冬舎コミックス
〒151-0051 東京都渋谷区千駄ヶ谷 4-9-7
電話 03(5411)6431［編集］

✦発売元　株式会社 幻冬舎
〒151-0051 東京都渋谷区千駄ヶ谷 4-9-7
電話 03(5411)6222［営業］
振替 00120-8-767643

✦印刷・製本所　中央精版印刷株式会社

✦検印廃止


ISBN978-4-344-84620-3　C0193　Printed in Japan